ラルーナ文庫

イクメンパパと恋の対処法

かみそう都芭

三交社

CONTENTS

Illustration

壱也

イクメンパパと恋の対処法

本作品はフィクションです。
実際の人物・団体・事件などにはいっさい関係ありません。

月刊ミュージィ編集部員の入谷奏多《いりやかなた》は、デスクで企画書をトンと揃《そろ》え、口元を隠してため息をついた。

と、すかさず奥の席で編集長がペンを振りかざし。

「おーい、入谷。なにダラけてんだ。さっさと打ち合わせにいかんかい」

容赦ないダミ声を飛ばしてきた。今朝《けさ》からずっと、面倒な書類仕事に追われて機嫌が悪いのである。

「はいっ、いきます。すぐ出ます」

入谷はあたふたと返事をすると、書類を無造作にカバンに押し込み、急ぎ足で出版社を飛び出した。

訪問予定のお宅は、電車を乗り継いで三十分ほど。都心でも特に治安のよい閑静《かんせい》な高級住宅街にある。平日の夕方は主婦と思《おぼ》しき買い物客の姿が多く、地域性か、はたまた先入観からか、老舗《しにせ》の並ぶ商店街はおっとりと優雅な雰囲気をかもして見える。

整備された駅前通りを抜けると、今度はあたりを憚《はばか》らずあからさまに気乗りしないため息を吐き出した。

打ち合わせ相手の高嶺一志《たかみねかずし》は、美術大学時代の三年先輩だ。在学中からアート界の期待を集めてきた彼は、常にリーダー的存在で羨望《せんぼう》のまと。教授からの信頼も厚く、なににおいても完璧《かんぺき》にこなす男と言われていた。これまで数々の賞を総なめにし、今は名の知られた若手画家として第一線で活躍している。

いっぽう入谷は、絵を生業《なりわい》にするほどの才能はなかったけれど、出版社に就職し、コツコツと努力して念願のアート雑誌編集部に配属された。そしてつい先日、高嶺に美を語ってもらうエッセイの連載企画が持ち上がり、同じ大学出身ということで担当に決まったのだった。

それがなぜ気乗りしないかというと――。

大学の入学式の日に、ホールに飾られた高嶺の絵に目を惹《ひ》かれ、本人を見て心も惹かれた。ただの後輩でいいからちょっとだけでもお近づきになりたいと、密《ひそ》かに思った。

ところが、秘《ひ》めた想いを抱えて二か月ほどたったある日。廊下で思いがけず高嶺とぶつかって、うっかりスケッチやクロッキーを落として散らばしてしまった時のこと。

高嶺は拾うのを手伝ってくれたのだが……。表情がいつになく不機嫌そうで、のろのろとした動作で絵を見るなり「へたくそ」と呟《つぶや》き、フラリと立ち去っていった。

少女漫画なら、そこから恋がはじまるときめきのシチュエーションではないか。それなのに、好みの顔でしかも初めての会話で、いきなり「へたくそ」とけなされてショックなことこのうえない。

それだけならまだよかったのだが、その数日後。あろうことか友人に不意打ちでキスされたところを運悪く見られ、すれ違いざまフンと鼻先で笑われてしまったのだ。

友人は遊び相手の性別にはこだわらない軽い男で、シラフでもキス魔というオープンなやつだった。反対に遊び慣れてない入谷は、自分の恋愛対象が同性だということをひた隠しにしてきた。高嶺への想いも隠し、少しだけでも会話できる後輩になれたらいいなと、ささやかな願いの眼差《まなざ》しで彼の姿を追っていた。

それなのに、淡い片想いは急転直下。恋愛志向がバレて嫌悪されたかと思うと二重のショックでもう立ち直れない。色白で中性的と言われる自分の容姿まで嘲《あざけ》られたんじゃないかと考えてしまって、高嶺の視界に入らないように構内をこそこそ歩くようになった。いつか勇気を出して挨拶《あいさつ》して、美術について語り合って、などという夢は瓦礫《がれき》となり果てた。けれど、情けなくて恥ずかしくて近寄ることさえできないというのに、惹かれる目が遠くからでも吸い寄せられ、気がつくと視線が密かに高嶺を追ってしまう。後ろ姿を見るだけでも胸が鳴ってしまう。

そんな自分がばかみたいに思えて、傷つきたくないあまり「顔が好みなだけでそれ以上の興味はないから」と無理やり心に言い聞かせ、意識して彼を敬遠してきた。

辛《つら》く苦しい日々をすごし、高嶺が卒業して、やっと立ち直るまでに九年。アート界の期待の星だった彼は結婚して子供もいて順風満帆だと、編集部内の情報で知った。さぞかし理想のスーパーダーリンになっているだろうと、懐かしさに駆られた。

しかし反面、あの嫌な思い出と複雑な心境がよみがえり、心臓がキュウウッと絞られるのである。

前方に高嶺邸が見えてくると、鈍い歩がどんどん重くなっていく。

会いたくない——というより、こっちの顔を見られたくないといったほうが合ってるだろうか。

でも、嫌な思い出はもう昔のことだし、目立たない自分のことなどきっと忘れられているに違いない。名前だって知られてないはずだから、もし顔を憶《おぼ》えられていてもしらばっくれていればいい。

入谷は、高嶺邸の表札を見てキリリと顔を上げた。

実はミュージィに配属されてまだ一年。単発記事やコラムを任されたことはあっても、大物画家の連載をひとりで担当するのは初めて。しかしながら、新卒からコツコツと実績を積み重ねてきた出版社務めのプライドがある。

そう、これは仕事だ！

やるからには全力で人気連載に押し上げ、編集者として高嶺と対等な立場で仕事を完遂してやるぞ！

と、入谷は鼻息も荒く門の前でグッと拳《こぶし》を握る。

人差し指を突き出し、力強くドアフォンを押した。

耳を澄ますと、メロディアスな音が広い邸内を駆け巡るのが聞こえてきた。

こんな高級住宅街でなければそぐわないであろう、洒落《しゃれ》たヨーロッパ風の三角屋根とレンガの外壁。ゆったりしたポーチには色とりどりの花を咲かせたプランターが並ぶ。ガーデニングは英国式のようで、敷地の規模といい、洗練されたセンスといい、界隈《かいわい》でも飛び抜けた収入と美意識を窺《うかが》わせる邸宅だ。

『はーい。だれですかぁ？』

フォンから、可愛《かわい》い声が流れてくる。

「ミュージイ編集部です」

高嶺に取り次いでくれるかと構えていたが、ほどなくオートロックのドアを開けて現れたのは小さな男の子。

坊ちゃん刈りのつやつや髪に天使の輪が光っていて、ふっくらしたほっぺがとても愛らしい。幼いながらもキリリとした切れ長の目元は、父親にそっくり。噂《うわさ》で聞いた高嶺の息子だろう。

意気込んだぶん、拍子抜けしてちょっと気恥ずかしくなってしまったが。

「こんにちは。お父さんはいますか？」

聞き取りやすいようにゆっくりと、はっきりした発音で言って微笑《ほほえ》んだ。

「こんにちは。おしごとのひと？」

男の子は無邪気な笑顔を返し、パタパタと駆けてきて門を開く。入谷のスーツの裾《すそ》を引っ張って招き入れ、玄関でスリッパを出してくれた。

「どーぞ。あがって」

人懐こい接客で、なかなかに躾《しつけ》の行き届いた子供である。

「はい、ありがとう。お邪魔します」

入谷は誰《だれ》にともなく頭を下げ、靴を脱ぎながら思わずスンと鼻を鳴らした。

油絵具の臭《にお》いが漂っているのは、画家の家なら普通のことだと思う。しかしそれだけじゃなく、なんだか空気がこもっていて、いろいろな臭いがごちゃ混ぜに澱《よど》んでいるような気がするのだ。

「あのね、ぼく浩汰《こうた》。なまえ、かんじでかけるんだよ」

「へ、へえ？　偉いね……。浩汰くんは、何歳？」

「五さい」

「おっ……と」

吹き抜けの玄関から続く幅広い廊下には、浩汰がひとりで遊んでいたらしいオモチャの車やらサーキットレールやらがいくつも転がっていて、うっかり蹴《け》ってしまいそうだ。

「おかたづけ、するよ。あとでね」

「ああ、うん。そうだね」

浩汰は、慣れた足取りでひょいひょいとオモチャの群れをまたいでいく。

高級そうなランプとベネチアングラスの水差しを飾ったコンソールテーブル。壁に風景画が掛けられ、廊下の突き当りにはアンティークな柱時計。そして、それらに薄っすら積もったホコリ……。

住人の審美眼を表す家具や装飾品にそぐわないホコリを眺め渡し、入谷は怪訝《けげん》に首を傾《かし》げる。

「こっちこっち」

案内されて、リビングに入るなり今度は啞然《あぜん》としてしまった。

廊下の散らかりようなんてものじゃない。三十畳はあろうかというフローリングに散乱しているのは、ボールやブロックといった男児用オモチャ、絵本。さらに脱ぎ捨てた靴下やシャツなどの衣類と、お菓子の空袋と、汁のこびりついたカップ麵《めん》の容器。ぐしゃぐしゃの毛布がソファで丸まっていて、テーブルの上にはクレヨンと画用紙。いったい何日掃除していないのか、歩くたびスリッパの裏でお菓子らしきクズがザリッと音をたてる。

ふと小さなかりんとうを踏み潰《つぶ》しそうになって、入谷はすんでのところで足をとめた。と、踵《かかと》の後ろをヒョロ長い生物が走っていって、思わずかりんとうを踏みそうになった片足と両手を上げ、「ひゃっ」とおかしなポーズをとってしまった。

踏みそうになったのは、かりんとうじゃない。そして、その干からびかけた焦げ茶の物体を排出したそれは。

「おきゃくさんおどかしちゃだめでしょ。ほら、ごあいさつ」

浩汰が捕まえてひょいと持ち上げる。

ダラリとぶら下がった長い胴体、短い手足。薄茶色の毛皮に、目の周りには愛嬌《あいきょう》のあるパンダ模様。犬でも猫でもない。それは、人慣れして飼いやすいと人気の小動物。

浩汰はフェレットを入谷の前に突き出し、ペコリと挨拶の腰を折る。

「ふぇるめーるです。こんにちは」

入谷は両手を下ろし、初めて間近にするフェレットをまじまじ見た。

「こ、こんにちは。ちょっとびっくりしたけど、か……可愛いね」

「フェ、フェルメール？」

「あ、ふぇるめーる」

ヨハネス・フェルメールは、バロック絵画を代表するオランダの画家である。今や日本を代表する画家となった高嶺の息子らしく、フェ繋《つな》がりで連想したのだろうか。それにしてもこのフェルメールは間の抜けたイタチといった感じで、たいそうな命名だと、胸の中でこっそり笑ってしまう。

浩汰はリビングの隅にあるケージにフェルメールを入れ、パタパタと戻ってきてテーブ

ルの前にペタンと座る。そしてクレヨンで画用紙になにやらをザッザッと書き込んで、入谷に向かって得意げに掲げた。

「みて、みてっ」

いきなりお絵かきか？　と思ったけれど、そこに書かれているのは。

「浩……汰……？」

バランスの崩れたダイナミックな線だが、『浩汰』と、かろうじて読めた。きっと、漢字を覚えたばかりで自慢したくてしかたないのだろう。

浩汰は画用紙をさらに突き出し、「ほめて」といった顔で鼻の穴を膨らませる。

「そっか。漢字で名前が書けるって、さっき言ってたね。ほんとだ。すごくじょうずに書けてるよ」

大げさに目を丸くして思いきりほめてやると、浩汰は満足そうに笑った。そして忙《せわ》しなく立ち上がり。

「おもてなし、おもてなしぃ」

唄《うた》うように言いながら、カウンターで仕切られたダイニングキッチンに駆け込んでいく。

そして冷蔵庫を開ける音のあと、コップをふたつと牛乳パックを抱えて元気に駆け戻ってきた。

「ぎゅうにゅう、すき？」

「えっ」

入谷は差し出されたコップを見て、ギョッとしてしまった。

健気《けなげ》におもてなししてくれるのは嬉《うれ》しいが、どこからどう見てもそのコップは洗ってない。白く濁っていて、底に牛乳らしき飲みカスがこびりついて恐ろしい汚れよう。

そんなので飲んだらお腹をこわす。乳製品はあたると怖いのだ。

と思うそばで、浩汰は汚いコップに牛乳を注ぎ「はい、どおぞ」と入谷に勧め、自分も飲もうと口に持っていく。

「ちょ、ちょっと待った」

慌てた入谷はストップをかけ、浩汰の手からコップをもぎ取った。

「洗ってないでしょ、これ」

言われた浩汰は、キョトンとして首を傾げる。

「お腹痛くなっちゃうよ？」

子供の不衛生な現場を見たら、大人としては放っておけない。一緒になって汚れたコップで牛乳を飲むのも嫌である。

ここはきれいなコップを使わなきゃいけないということを教えるべきだろう――とキッチンに入って、入谷はまた唖然としてしまった。

八畳ほどもある洒落たダイニングキッチンだというのに、シンクに汚れた食器、出前のどんぶりが山積み。デリバリーピザの箱は干からびたチーズがついたまま放置。ダストボックスはゴミが溢《あふ》れて、蓋《ふた》が閉まらず半開き。

裕福だから食洗機くらいあるはず、とシンク下のそれらしき大きな引き出しを開けたら、中に乾燥過程まですんだ食器がびっしり収まったまま。これを食器棚に戻さないと、シンクに積んだ汚れ食器が片づかない。自分のアパートの部屋もたいがい片づいてないがそれ以上、どこもかしこも目を覆いたくなる惨状だ。

「い……いつも、こんななの？」

棚の上段からコップを出しながら思わず口にすると、浩汰は「？」といった顔で入谷を見上げる。

「あ、えと……おうちの中、いつもこんなふうに散らかってるの？」

言いなおして訊《たず》ねると、浩汰は片手を挙げ、なにやら考えるようすで指を一本ずつ折って見せる。

「きのうと、そのまえのきのうとぉ……そのまえのぉ……」

「わ、わかった。ありがとう」

愚問だった。何日も散らかりっぱなしというのは、一目瞭然《いちもくりょうぜん》。

「じゃ、牛乳を飲もうね」

それにしても——大学時代の高嶺はなににおいても完璧と言われた男。身だしなみだっていつもこざっぱりしていて、清潔感があった。きっと完璧で幸せな家庭を築いているだろうと思ったのに、この現状はどういうことか。奥さんが忙しい人だったり家事能力がない人だったりしても、家政婦くらい雇っていてもおかしくないと思う。どちらにしても、家の中に女手の気配がないのは不思議だ。

　リビングに戻ってソファに座ると、浩汰の『おもてなし』につき合って牛乳を飲みながらぐるりと室内を見回す。

「お母さんは、お出かけ？」

「にゅうよおくいっちゃった」

「にゅ……？」

　にゅうよおく……入浴……有閑《ゆうかん》主婦の昼銭湯。いや、違う。

「ニューヨーク？」

　思わず訊《き》き返すと、浩汰は入谷の隣でブラリと両足を揺らす。

「おしごとで、ずっと、って？　どのくらい」

「ずっと、ってかえってこないの」

「う〜ん、とね……」

　浩汰は両の側頭部に手をあて、一生懸命に考える。

「このまえのクリスマスは、プレゼントだけ」

「つまり、去年のクリスマスにお母さんはいなくて、プレゼントだけ送られてきたってこと?」

「うん」

ということは、浩汰の言葉に間違いがなければ少なくとも半年以上の不在である。なんだか想像した家庭とずいぶんかけ離れているようだ。

こんな小さな子をほっぽって、母親は長期海外出張。そして、理想のスーパーダーリンはいったいどこにいるのか。

「お父さんは?」

まさか高嶺までいないんじゃなかろうかと、少し心配になった。けど、浩汰がキッチンと反対側にあるドアを指差したのを見てホッとした。

「そっちにアトリエがあるのかな? それじゃ」

しかし、声をかけにいこうと立ち上がると、浩汰がスーツの裾をつかんでピンッと引っ張る。

「だめだよ。おしごとのじゃましちゃいけないの」

「や、俺だって仕事できてるんだから」

子供相手につい素で答えてしまったが、浩汰は首を振っていたく真面目《まじめ》な顔で言う。

「おとーさんのおしごとはね、とってもだいじなおしごとなの。だからきょーりょくしなくちゃいけないの」

いっちょまえな口調だ。幼いなりに父親を助けようとする浩汰は偉いと、入谷は素直に感心した。でも家の惨状を見ると不憫《ふびん》にも思える。

「そ、そうか……、お父さんもお母さんも忙しい人なんだね。お仕事に協力して、浩汰くんは偉いね。そしたら、もう少し待ってみようかな」

浩汰の気遣いを尊重してソファに座りなおすと、微笑む浩汰の目元がスウッと細くなった。それが高嶺の笑顔と重なって見えて、図らずも胸がキュンとなってしまった。

「おにいさん、おなまえは？」

「入谷だよ。いりやかなた」

「おんなじだねっ」

「ん？　なにが？」

「こうた。かなた。ね」

「ああ、なるほど」

どちらも『た』のつく名前だと言っているのだ。

「ロボットでたたかいごっこ、しよ？」

浩汰は大きな目をくるりと輝かせ、ソファから飛び降りると転がったオモチャを拾いに走る。

しっかりした凜々《りり》しい表情を見せたり、無邪気に笑ったり、話題が脈絡なくコロコロ変わって、コマネズミみたいにちょこまかとよく動く。とてもチャーミングな男の子だ。

子供の世話をしたことはないが、童心に返れば遊び相手くらいにはなってやれる。そのうち高嶺も仕事を切り上げて出てくるだろう。それまで少し時間を潰していよう、と開きなおって待つことにしたのだが。

「ビーム！　ビビビビビ」

「発進。どーん」

などと、昔より格段に進化したロボットを激突させ、ブロックのビルを破壊し——飽きたら次は自動車レース——。

豊富なオモチャで遊んで一時間は経っただろうか。

高嶺はいっこうにアトリエから出てこない。

打ち合わせの約束は今日で、訪問時間も間違えていないはず。電話で交わした打ち合わせ予定を思い出しながらも、だんだん不安になってくる。

「ねえねえ、いりやくん」

呼ばれて、入谷は知らず口元がほころんだ。園児式の『くん』づけである。どうやらお友達認定してくれたらしい。

「なあに？」

「おなかすいた」

「ああ……」

時計を見れば、すでに七時近く。子供のいる家庭なら、もうとっくに夕飯時だ。

「お父さん、まだかかな。ちょっと、ようす見てみよう」

浩汰もさすがにそこは賛成のようで、首を横に傾けつつも、あいまいに頷《うなず》く。

入谷は頷き返してやり、手を繋いで立ち上がる。

教えられたアトリエらしきドアを控えめにノックして、耳を傾けた。

物音ひとつしない。

再度のノックのあと、数秒待ってもまだ応じる気配がない。

浩汰と顔を見合わせ、恐る恐るノブに手をかける。

ドアを細く開いて中を窺うと、大人の背丈を超えるサイズの大型カンヴァスが目に飛び込んできた。

入谷は思わず感嘆を漏らした。

描かれているのは、草原と野生馬をモチーフにしたと思える油彩とテンペラ併用の半抽象画。果てしなく広がる世界観と疾走感が、力強い描写で迫ってくる。

初めて彼の絵を見た時と同じ、心が躍るほどの感動が湧《わ》き上がった。

『個性溢れる色彩に感情が揺さぶられる』『生命力と躍動感を描く才能は唯一無二』それ

が、アート界での高嶺一志の評価だ。

　情景と情感をカンヴァスに投影していく高嶺の背中が、なんだか眩《まぶ》しい。こんな大作の制作途中を間近に見られて、この日本を代表する若き画家と仕事をするのだと思うと、高揚感で胸が高鳴る。緊張で身が引き締まる。

「あの……」

　声をかけてみると、高嶺の肩がピクと揺れた。

　入谷は次の言葉を呑《の》み込み、そっとドアを閉じた。

「どしたの？」

　不思議そうに見上げてくる浩汰に、入谷はエヘへと笑みを返した。

「もうちょっと……、待とうか」

　顔は見えなかったけれど、カンヴァスに向かう後ろ姿から発する『邪魔するなオーラ』に圧倒されてしまった。

　できれば、すぐにでも打ち合わせに入りたい。このあと編集部に戻って片づけなきゃいけないデスクワークが残ってる。

　だけど、筆の乗ってる作業の邪魔をしたくない。というか、中断させて怒らせたらと思うと、ちょっと怖い。

　そう感じさせるほど、彼は創作に没頭していたのだ。

職業がら、担当する相手はクセが強く個性豊かな人が多い。作家の都合やわがままに振り回されるなんて、そうめずらしくもない。時間がずれ込んで帰宅が遅くなるケースだって、よくあること。仕事相手とうまくやっていくのは編集者の手腕であり、いい記事を獲得する能力のひとつなのである。

ぼちぼちキリのいいところで中断して出てきてくれるだろう。それまであと少し待つことにして、とりあえず、入谷は浩汰を連れてダイニングキッチンに入り、なにか食べるものはないか探してみることにした。

まずは、冷蔵庫。

どうせ雑然としているだろうと思ったところが——開けて見て、意外にも整頓《せいとん》されていて目を瞠《みは》った。

飲み物やカップデザート、ハム、チーズなどなど。野菜室には、人参《にんじん》、玉ねぎなどの根野菜が少し。冷凍室にはトマトソースやらベシャメルソースやらを小分けにしたタッパーがあり、切った葉もの野菜とキノコ類をつめたフリーザーバッグもある。

散らかり放題の家で、ここだけきちんとした家庭感が漂う不思議。

長期不在の奥さんの他に女手があるのだろうか。家政婦ではないのは確かだろうが、細やかな配慮で食材を保存した女性が誰なのか……。身内か、もしかしたら浮気……？　などと気になって、下世話な想像までして首を横に振ってしまう。

「さて」

邪推を振り払ってシンクの上の棚を見てみると、和、洋、中のさまざまな調味料が並んでいる。入谷などが使ったことのない香辛料やハーブ類が揃っていて、かなり本格的な料理が作れそうではあるけれど。

ハードワークの独身男にできる料理なんて、時短、簡単。レパートリーときたら、片手であまるていどだ。

ここにある材料で自分になにが作れるか、レシピをいくつか思い浮かべ、必要な食材を出して並べた。

「いりやくんが、ごはんつくるの？」

ちょこまかとまとわりつく浩汰が、満面の笑みで目を輝かせる。

「チャーハンとスープだけど、いいかな」

「いい！　チャーハンだいすき。おとうさんもすきだよ」

浩汰は、お父さんも一緒に食べるつもりでいるらしい。放置されているのに、父親思いの健気な息子だ。

「そう……そっか」

しかし考えてみれば、高嶺のぶんも用意したほうがいいかと思える。

このキッチンの惨状からして、ここ数日はろくなものを食べてないだろう。担当の仕事の一環として割り切って、好印象を与えておけば少しは点数稼ぎになるかもしれない。食事にかこつけてアトリエから引っ張り出して、うまくすれば打ち合わせができる。ぜひともそう願いたい。

「じゃあ、ご飯を炊くから待っててね」

「はいっ」

ご機嫌な浩汰は、手を挙げていいお返事をする。

では、さっそく。

炊飯器に残りご飯がこびりついたりしてないかと、恐る恐る蓋を開けてみると、中はきれいで米粒ひとつついてない。フウと胸を撫《な》でおろして腕まくり。

米を研いでセットして、炊けるまでの間にシンクの皿やらゴミやらを片づける。

家政婦じゃないんだけど……と愚痴りたくもなるけれど、そうしないと調理のできるスペースがないのだ。

食洗機の中の食器を棚の空いたスペースに収納し、入れ違いに汚れものを並べて食洗スイッチオン。

それから散らかり放題のゴミをまとめ、調理台をきれいに拭《ふ》き上げ、やっとまな板と包丁を出す。

数種の野菜とハムをザクザクみじん切りし、コンソメ顆粒《かりゅう》を入れてひと煮立ちでスープが簡単にでき上がり。チャーハンも同じ具を使い、フライパンで炒《いた》めた上に炊きたてご飯をドサッと投入する。

数少ないレパートリーの中でも得意の一品。いつものひとり分より量が多くて木べらが重いけど、調味料を炒め合わせて皿に盛りつけ、スープを添えて完成である。

ちょうどテーブルに並べた時、ふと背後に気配を感じて振り向いた。同時に、浩汰がはしゃぎ声を上げた。

「おとうさん！　ごはんだよ」

「高嶺先生」

夕飯の匂《にお》いにつられて出てきたらしい。ようやく対面だ。食事しながら打ち合わせができるかも。

そう喜んだところが——。

入谷はカウンターのすぐ脇《わき》に立つ人物を凝視して言葉を失った。何度も瞬《まばた》きして目をパチクリさせた。

そこには、記憶にある高嶺とは別人かと見紛《みまご》うムサ苦しい男が立っているのだ。

男は怪訝なようすでボソリと口を開く。

「……誰だ？」

「って……」

そりゃこっちのセリフだ。驚いた。我が目を疑った。

絵具のはねたヨレヨレのTシャツに、どうでもいい感じのジャージのズボン。櫛《くし》など通ってないと思える伸びっぱなしの髪はボサボサで、少なくとも一週間は剃《そ》ってなさそうな無精ひげ。

まるで家宅侵入した不審者かと思うような風貌《ふうぼう》だが、うっとうしい前髪を上げたひげのない顔を想像してみると、その面差しは確かに高嶺。大学時代とは変わり果てただらしのない姿だけど、間違いなく彼は高嶺一志だ。

よほど根をつめて疲れているのか、高嶺は気難しい表情で目元をすがめ、じっと入谷を見る。

「げ、月刊ミュージィの入谷です。先日、電話でお話しさせていただきました。今日は連載の打ち合わせをするお約束でしたでしょう」

高嶺の眉間《みけん》が寄って、深いしわを刻む。

「ああ……忘れてた」

「忘れてた？」

低くこもる声でまたもボソリと言われて、今度はアングリしてしまった。

創作の邪魔をしちゃいけない、キリのいいところで出てきてくれるだろうと、遠慮して待っていたこの二時間はなんだったというのか。無意味な気遣いだったと知って、ちょっとムッとする。

「そ……そうですか。集中してるところを中断させちゃ悪いと思って、出てきてくださるまでお待ちするつもりだったんですけど。じゃあ、忘れてたならさっさと声かければよかったですね」

少しばかり嫌味をこめて言ってやったが。

「無視するがな」

悪びれずさらりと返されて、ささやかな意趣返しは霧散してしまった。

三か月前に電話で連載の依頼を受けてくれた時は、歯切れよく普通に喋《しゃべ》っていた。先月になって改めて電話をかけた時も、手短ではあったが礼儀正しかった。打ち合わせの都合を訊いた入谷に、今描いている絵が終わる頃がいいからと、日時を指定したのは高嶺だ。それなのに絵は完成してないし、ようすが違いすぎだ。

入谷が呆《あき》れていると、高嶺はユラリとダイニングキッチンに入り、なぜか当然のような顔でテーブルに着く。

チャーハンが出るのを待っているらしい。

仕事相手との初会談だというのに挨拶なし。子供の相手をして夕飯まで作っているというのにそこにも触れず、無遠慮で傲岸《ごうがん》な態度。いったいどういう人なんだかと、神経を疑ってしまう。

しかし、今後の円滑な仕事のためにも穏やかに会話するためにも、ここは彼の意向に沿っておいたほうがいいだろう。入谷は気を取りなおし、チャーハンとスープを皿に盛ってテーブルに置いた。

ところが。緩慢な動作でスプーンを手にした高嶺は、ひと口食べるなり。

「まずい」

またもボソリと言い放った。

脳裏に大学時代のショッキングなあの日がよみがえり、既視感と眩暈《めまい》を覚えた入谷の頭がクラリと揺れた。

「え～？　おいしいよぉ？」

浩汰はスープをズズッと飲み、チャーハンをパクパク口に入れる。

「ご飯がベタベタで間抜けな味だし、スープは塩入れすぎだ」

辛辣《しんらつ》で忌憚《きたん》のない感想である。

あの日もこんなふうにボーッとした難しい表情で、素描を見るなり『へたくそ』と言い放った。そして今、同じような表情で『まずい』とかましてくれた。

大学当時はラフでもそれなりに高級感の漂う隙《すき》のない服装で、髪もきちんと整え、容姿端麗、頭脳明晰《めいせき》を体現しているように見えた。誰もが惹きつけられたであろう完璧な人だった。それが、いつからこんな公園のベンチにでも寝転がってそうな風貌に変わり果ててしまったのか。なぜ、そんなにも不機嫌なのか。

いや、考えてみたら……大学時代とグダグダな現在とでは、中身はそれほど変わっていないのかもしれない。そもそも、高嶺とは接点がなく密かに見ているだけだった。

完璧と言われた当時は実は外面がよかっただけで、自宅で画業に専念するようになって憚らず素になっているのだと思う。憧《あこが》れてやまなかったあの高嶺は、幻だったのだ。

だが、こんなことでうろたえてはいけない。

初対面として最初の心構えを取り戻し、手のかかる難しい画家に向き合い、それなりの信頼関係を築いていくのだと、編集者の根性を奮い立たせる。

それが自分の仕事だ。いくつものジャンルの編集部を転属して培《つちか》ってきた経験はダテじゃないのだ。

まずいなら食べなきゃいいのに、高嶺は残すようすもなくチャーハンとスープをノロノロと口に運ぶ。

入谷は正面の席に座り、さっそく会話を試みた。

「このたびは依頼を受けてくださり、ありがとうございます」

「ああ……」

高嶺は顔を上げずボソと答え、黙々と食事する。

「お忙しいのは承知していますので、できるだけ便宜を図りたいと考えておりますが」

「……うん」

「ちなみに今後のスケジュールなど」

仕事の話は気が乗らないのだろうか。高嶺はチャーハンに視線を落としたまま。けれど目の焦点がどことなく合ってないようで、発するのは口の中でこもる「ああ」と「うん」ばかり。

「奥様、ニューヨークにいらしてるとか。小さなお子さん抱えて大変でしょうね」

「ああ」

話題を変えても反応が鈍い。

「お帰りは、まだ先になるんですか？」

「帰らない」

「は？」

意味がわからず、入谷は首を傾げる。

「離婚した」

「えっ。それは……し、知らずに失礼しました」

思いもよらない単語を聞いて、思わず肩を竦《すく》めた。奥さんの話題もＮＧ、触れないほうがいいだろうと、慌ててまた話題を変えてみた。

「今お描きになってるのは、大作のようですね」

すると、ピクリと反応した高嶺の手が、スプーンを握ったままゆっくり上がり、宙になにやら書きはじめた。

筆を使う動作のようだが、その視線がなぜだか入谷を見つめる。

違った。見つめているのは入谷の後ろのほう。

しかし、なにを見ているのだろうかと振り返ってみても、背後には凝視するほどのものはなにもない。冷蔵庫と食器棚が並んでいるだけだ。

「あの……？」

また急に高嶺の目の焦点がぼやけ、おもむろに手を下ろすとチャーハンをすくい、ノロリと口に運ぶ。

「元妻はアメリカで起業して永住予定。離婚してからしばらくは浩汰の世話のために大判を控えていたんだが、久々に受けてしまってなかなか」

なぜか突として語り出した。どうやら、仕事と元奥さんの話はしたくないというわけでもないようだ。

「まだ浩汰の親権は協議中だが、俺のほうが収入はいいし在宅仕事だから有利だ。そう思うだろ」

高嶺は、どことなく上の空なようすでポリポリと頭をかく。

いやいや、この家の惨状では親権争いには勝てないいんじゃないか？　と思っても口には出せないので、入谷はあいまいな笑みでごまかした。

「そういえば、ここ二年ほど作品の発表数が少なかったですね。今回はどちらかに出展なさる予定で？」

「大手企業の本社ビル建て替え記念セレモニーの……納期が近いんだ」

言ってる途中で、高嶺の視線がソワソワと浮遊しはじめる。

「何日ぶりかでまともなものを食った気がする。おかげで息抜きできた」

言うやすっくと立ち上がり、別世界にいるかのような足取りでまたフラフラとアトリエに戻っていった。

「い……息抜きになってよかったですね」

入谷は呆然《ぼうぜん》とこぼして、頭を抱えてしまった。

もはや引きとめる隙もなかった。

今日はもう打ち合わせどころじゃない。高嶺の頭の中にあるのは創作のみで、なにを喋っても精神はあっちの世界に翔《と》んだまま。ほんの少し事情がわかったものの、意思疎通はほとんどできていなかった。

これまでご機嫌とりやスケジュール調整で苦労することはよくあったが、彼は今まで担当した中でもかなり扱いにくい部類のアーティストだ。

「う～ん……どうしようか」

ちょうどチャーハンを食べ終わった浩汰が、スプーンを置いて入谷を見上げる。

「おゆうはんたべたら、おふろだよ」

「えっ？　お風呂《ふろ》？」

いきなり風呂という応《こた》えが返ってきて、入谷は面食らった。今呟いた『どうしようか』は、この先どう高嶺にアプローチしていったらいいか、考えあぐねてつい漏らした独り言だったのである。

目が合うと、浩汰は無邪気に笑いかけてくる。

「でも、入谷くんはそろそろ……」

社に戻るからと言いかけて、言葉を引っ込めた。

一緒に風呂に入ろうと誘ってるのではないにしても、キラキラするその瞳《ひとみ》には『まだ帰らないよね』という期待が見える。

父親がそばにいながら放置状態で、寂しい思いを我慢しているに違いないのだ。健気な気持ちを考えるとかわいそうで、帰るに帰れないではないか。

「うん。じゃあ、お風呂いこ」

もう少しいてやろうと決めた入谷は、大きく頷いて見せた。

このあとの仕事は編集部に居残るなり、持ち帰るなり、どうとでもなる。会ったばかりでこんなに懐かれたら、情も移ろうというものだ。

「そのまえにぃ」

浩汰は忙しなく駆け出す。

「ふぇるめーるにごはん」

棚のフェレットフードを手に取ると、隅に置かれたケージの前にペタンと座る。

エサがもらえると理解しているフェルメールは、長い胴を伸ばしてソワソワと催促。浩汰がエサ箱にフードを入れると、さっそくボリボリと食べはじめた。

「ペットの世話も浩汰くんがするんだ？」

「ぼくのふぇるめーるだもん。おせわするやくそくでかってもらったの」

「そっかあ。偉いねえ」

つくづく感心させられる。本当に驚くほどしっかりした子だ。自分が五歳の頃はなにをしていたかと考えると、ひたすら遊んでしょっちゅう叱《しか》られていたような……。犬を飼っていたけど、エサやりなんてしたことはない。

親がだらしないとこんなに自立するものだろうか。反面、良くもあり悪くもありで、複雑な心境で浩汰を見てしまう入谷だ。

「お風呂はどこ？」

「うえー」

浩汰は天井を見上げて指を差す。

入谷は浩汰と手を繫ぎ、案内されて二階に上がった。

「パジャマ、とってくる」

浩汰は廊下の中ほどでドアを開け、部屋に駆け込んでいく。

散らかりようは一階ほどではないにしても、やはり小さなゴミが点々と落ちていて、少なくとも一週間か、それ以上、掃除の手が入っていないだろうといった汚れ具合。吹き抜けの階段は緩やかな螺旋《らせん》を描いており、幅広い廊下に並んだドアの数を見ると、ゲストルーム完備と思える。

外観からしてヨーロッパ風のゆったりした家屋だが、実際に中も余裕のある間取りで快適そうな住空間だ。それだけにもったいなくて、家政婦くらい雇えばいいのにと進言したくなってしまう。

バスルームもさすがに広く、浴槽に湯を張ってやるべきか迷った。けれど、ひとりで入る時はシャワーだけなのだと浩汰が言うので、服を脱いで風呂支度する姿をボーッとつっ立って見守った。

「あのね、シャンプーハットもういらないんだよ」

「ん？　ああ、うん。すごいね」

得意げに報告されて、入谷はとりあえずほめてやりながらシャンプーハットというものを思い浮かべた。確か自分も幼稚園くらいまで使っていた、カッパみたいな形の洗髪用帽子である。

「おとうさんがいそがしいから、ぜんぶひとりでするの。れんしゅうちゅう」

「そ……そうなのか。ほんと、偉いねえ」

子供と話したことなどほとんどないもので、『偉いね』と『すごいね』くらいしか言ってやれない。ほめ言葉はいくらでもあるだろうに、他に考えつかなくて出版に携わる者としては情けないかぎり。

そして、幼児をひとりで風呂に入れてもいいのだろうか、なにか手伝ってやったほうがいいんじゃないだろうかと思うけど、なにをしたらいいのかわからずオロオロと見ているだけ。使命感に駆られたものの、慣れない子供の相手は戸惑《とまど》うことばかりだ。

そうこうするうち、あっという間にシャワーを終えた浩汰がびしょびしょの体で元気に風呂から飛び出してくる。入谷の顔を見ると、安心したような表情で笑った。

途中で帰ったりしないか気になって、大急ぎで洗って出たらしい。

「まだ泡がついてるよ。ほら、後ろのとこ」

やはり、五歳児がひとりで風呂に入るのは完璧とはいかないのだ。後ろ首のあたりがきちんと洗い流せてなくて、髪に微《かす》かな泡が残っている。ということは、背中にもシャンプーがまだついているということで、そのままにしたらツルツルのお肌が荒れてしまう。

入谷は手早く靴下を脱ぐと、浩汰をバスルームに戻してシャワーを出し、全身くまなく洗い流してやった。

それからバスタオルで拭くのを手伝い、パジャマを着たあとドライヤーで髪を乾かしてやる。遊び相手から夕飯、風呂と、ここまでで子供の世話というものがおぼろげながら呑み込めてきた入谷だ。しかし。

「はい、しあげ」

歯磨きしていた浩汰に歯ブラシを差し出され。

「し、仕上げ？　うぅん？」

思わずうなってしまった。

つまり、子供が歯磨きしたあとに大人が隅々まで磨いてやるのだ。でも、他人の歯を磨くなんて力加減もわからないし、どうやったらいいか見当つかない。というより、こんな小さな口に歯ブラシを突っ込んで、弾みで喉《のど》でも突きやしないかとちょっと怖い。

浩汰は上を向いて思いきり口を開けて待つ。

入谷は恐る恐る歯ブラシを入れ、手の力を抜いて奥歯をソロソロ、前歯と裏側もさするように、かつ丁寧に磨いてみる。へたな仕上げだが、浩汰はうがいをすると「きれいになりました」と言って、イーして歯を見せてくれた。

「よし、きれいきれい」

入谷はフウと息を吐いて、浩汰の頭を撫でてやった。

へんに緊張したけれど、予測できない言動がいちいち新鮮で、慣れない世話ながらもやりがいを感じてしまう。なんというか、母親の子育ての苦労と喜びを少しばかり垣間見《かいま》た気分だ。

「いつも、お父さんに仕上げしてもらうの？」

「うん」

「じゃあ、お風呂は」

「いそがしくないときは、おとうさんといっしょ。おとうさんね、てでみずでっぽーするの、じょうずなんだよ」

ぽつぽつと聞き出したところによると、高嶺はまるっきり父親の役目を果たしていないわけでもないらしい。にしても、あのだらしないようすからして充分にできてるとは思えないが。

バスルームを出ると、浩汰は繋いだ入谷の手をいそいそと引っ張っていく。寝支度を終えてまっすぐ子供部屋に戻る習慣が、身についているのだ。

飛行機柄カバーを掛けたベッド脇のサイドテーブルに、数冊の絵本。豊富なオモチャはほとんど一階に広げたようで、ガランとしたトイラックには動物のぬいぐるみがいくつか並んでいるだけ。いちおう整理整頓されているけど、本棚には絵本や児童図鑑が逆さまに差し込まれていたり、タンスの引き出しは衣類が挟まって閉まりきっていなかったりと、頑張ってお片づけした形跡があちこちに見えてまた不憫が誘われる。

「いりやくん、おとまりする？」

「えっ、泊まり？」

またも予想外の発言に入谷は驚き、しかし期待に沿ってやれなくてちょっと口ごもってしまう。

「それは……無理……かな。まだ会社で仕事しなきゃいけないし」

「おしごとじゃ、しょーがないね。そしたら、つぎおとまりしてくれる？」

仕事と聞いて素直にあきらめるところが、いじらしい。会ってまだ三時間あまりだというのに、こんなにも純粋な信頼を向けられて、くすぐったいような嬉しいような……。ふわふわと優しい気分になって、子供というのは不思議な生き物だと瞠目《どうもく》させられる。

泊まりまでは無理だけどせめてあと少しいてやろうと、入谷はテーブルに置いてある数冊の絵本を手に取った。

「読んであげようか。どれがいい？」

「やった！　ももたろーがだいすき」

可愛い絵の現代絵本もある中で、古典とも言える桃太郎を選ぶとはなかなかにシブい。

「おにたいじ、かっこいいもんね」

はしゃぎ声を上げた浩汰は、大急ぎでベッドに入ってスタンバイした。普通なら、やんちゃで手のかかる年齢だろうに、父親に似ず扱いやすい良い子である。

浩汰の横に仰向《あおむ》けで寝転がった入谷は、張りきって一ページめを開いた。

「むかしむかし、あるところにおじいさんとおばあさんがいました」

自分も子供の頃には祖母に読んでもらったお話だ。ワクワクさせてくれた祖母の口調を思い出し、感情をこめて面白おかしく読み上げてやる。

浩汰は入谷の声に耳を傾け、生真面目な視線で一心に絵を追う。犬、サル、キジを仲間にするくだりではクスクスと笑い、そのうちアクビが出たと思ったらスウスウと寝息をたてはじめ、桃太郎一行が鬼ヶ島へ渡る前にぐっすり眠りついてしまった。

入谷は健やかな寝顔を見ながら絵本を閉じ、ホッとひと息ついた。

やれやれやっとドタバタな一日が終わった〜みたいな平和な気分になるけど、忙しい編集者の一日はまだ終わりじゃない。これから社に戻って二時間ほどデスクにへばりついて、残った仕事は持ち帰りだ。

その前に。浩汰の部屋を出ると、キッチンの片づけくらいはしていこうと足音を忍ばせて一階に下りた。

夕飯のあと、食器をとりあえずシンクに積んだままだったのである。

自分のアパートなら思いきり手を抜くけど、よそ様のお宅となるとやりっぱなしは気が引ける。まず、浩汰が明日きれいなコップを使えるように、棚の手の届く位置に並べておいてやる。それからフライパンを磨いて元の場所に戻し、汚れた皿を食洗機に入れ、レンジ回りとテーブルを拭き、今度こそやれやれとひと息。

さてそろそろおいとましようとリビングを見回して――フェレットのフンがそのままだったのを思い出した。

子供がいるのに不衛生な環境はよくないだろう。焼け石に水状態ではあるが、散らかった中に紛れているのを処理すると、ついでに周囲の画用紙と絵本をまとめてテーブルに置き、さらにゴミ箱を抱えてお菓子の空袋やゴミと思えるものを拾っては捨てていく。

「あ」

ふと、中腰の姿勢で手を伸ばした先に高嶺の足があって、一瞬驚いた。

アトリエにこもってるとばかり思っていたのに、いつからそこに立ってたのか。相変わらずの難しい顔でじっと入谷を見おろしているのだ。

「す、すみません。そこにいらっしゃるとは。あの、今日はこれで帰りますので」

物音をたててうるさくしてしまったかと、入谷はゴミ箱を置きながら詫《わ》びる。すると高嶺は眉間のしわを深くして、低くうなるような声で呟いた。

「どういうことだろう」

「はい？」

どうもこうも、高嶺の突発的な言葉は脈絡がなくて、返答したくてもなにを言いたいのか察しようがない。

「おかしいな……」

「なにがでしょう」

「よけいな情報が頭に浮かんで集中できない」

「よ、よけいなって……どんな」

なんのことかと、入谷は首を傾げる。

「前にどこかで会ったか？」

「えっ」

ズイと歩み寄られて、思わず後退《あとずさ》った。

「いやや、それはあの」

いきなりつめ寄られるなんて予想外で、うまくしらばっくれるつもりだったのが挙動不審になってしまう。よけいな情報というのは、まさか大学時代の出来事だろうか。地味な自分の存在を、高嶺は憶えていたのだろうか。でも彼にとって、あれらは歯牙《しが》にもかけない日常の雑事で、記憶にとどまるほどのことではなかったろうと思う。

高嶺は、さらに間近に顔を寄せてくる。

「おかしい……初対面の人間に欲情したことはないんだが」

「は？」

「まあいい。とりあえず抜くから手伝え」

「え？　ええっ？」

前に会ったか、という話からいったいどこにどう飛んで『抜く』になるのか。よけいな情報と欲情がどう繋がるんだか。もう意思疎通できないどころの騒ぎじゃない。

「な、なに言……っ」

「気にするな。ただのスキンシップだ」

「ちょっ、そりゃ」

そういう問題じゃないだろうと思うけど、焦ってしまってまともな言葉が出ない。一歩退くと大きなストライドで間を狭められ、ソファに押し倒されてのしかかられた。

「や、待っ……あぅ」

すかさずズボンの上から股間《こかん》を握られて、息がつまった。

高嶺の体温を感じた体が、じわりと熱を含んだ。布越しに揉《も》まれるそこがキュウッと収縮して、すぐに膨張の兆しを現した。

視線を上げると、高嶺の瞳が目の前に迫る。近くで見たいと焦がれた彼の顔がそこにある。少しばかり焦点が合ってないようだが、凛《りん》とした光をたたえる強い瞳だ。

絵画に従事する者とは思えない無駄肉を削《そ》いだ固い体軀《たいく》。大学時代よりシャープになった顔の輪郭は、躍進を続ける才能と作品を体現しているかのよう。やっぱりこの顔は好みだ。彼の作風が好きだ。あきらめてから九年を経た今でも、間近にするとどうしようもなく心が惹きつけられる。

強い力に抗《あらが》えない。呼吸が荒くなって、指先から力が抜けていく。

ちょっとだけ——スキンシップくらいなら。入谷は熱に浮かされたように、自分も高嶺の下腹に手を伸ばす。

と、ほとんど合意しかけた時。ふいに高嶺の手がとまった。

「あ……？」

入谷の熱が一気に引いて、のぼせた頭がサアッと音をたてて冷えた。

高嶺は、入谷の股間を解放するとのしかかっていた上体を起こし、腕組みしてなにか考えるようにして目をすがめる。その瞳にはもう、自分を含めたこの部屋の場景は映っていない。彼の意識は、すでに遠い創作の世界に翔んでいった。

額にじんわりと脂汗が滲《にじ》んだ。

我に返った入谷はカバンと上着を無造作につかみ、一目散に高嶺宅を飛び出した。

高嶺の顔に見惚《みと》れて、ついその気になりかけてしまった。高嶺のわけのわからない欲情に流されて、とんでもない失態をやらかすところだった。

「危なかった。危なかった」

入谷は走る足を緩めず、平手で自分の頬《ほお》をパシッと叩《たた》いた。

入谷はデスクで頭を抱えた。

昨日《きのう》は完璧な仕事を遂行するつもりで勇んで赴《おもむ》いたのに、打ち合わせもできずあんなことになって逃げ帰ってしまった。社に戻ってからもアレが頭に浮かんで、デスクワークがまったく手につかなかった。

落ち着いて思い返してみれば、すんでのところでやめたとはいえ、自分もすっかりその気になっていたのだ。あのままやってしまっていたらと考えると恐ろしい。担当画家と性的スキンシップなんて、編集者失格だ。

あのまま高嶺が手をとめなかったら……ああなって、こうなって……。

ついめくるめく想像をして、暴発しそうなほど血が昇って顔が赤くなった。心拍がバクバクと乱れて、慌てて頭を横に振った。

いや、彼は欲情がどうとか言っていたけれど、たまたまそこにいたから処理相手にしようとしただけだろう。相手は誰でもよかった。でもやめたのは、途中でそれが男だと認識したからだ。でなければ、結婚して子供までいる高嶺が、大学時代に男同士のキスを嘲笑《わら》ったあの彼が、本気で男を押し倒すなどするわけがない。

創作に没頭して思考や判断が鈍くなっていたのかもしれないが、なににしても、見境なく手近な人間に性的要求をするとは最低だ。がっかりだ。

そして、うっかりその気になった自分も最悪。二重のショックのあの時から、傷つくのが怖くて『顔が好みなだけ』と言い聞かせてきたけれど、小汚くなろうとも本当に心底あの顔が好きだったとは。見惚れて流されて、我を忘れてしまうなんて情けない。社会経験を積んで一人前になったつもりでいたのに、言いたいことも伝えられず、ただオロオロと逃げるばかり。学生時代からなにも変わってない。不甲斐《ふがい》なくて高嶺以上にがっかりだ。

けれど、逃げてばかりもいられないのである。今は高嶺と組んで仕事しなければならないのだから。だけど、割り切らないといけないのはわかっていても、気まずいし恥ずかしいしで、次はどんな顔をして会いにいったらいいのか——。

情けない心情と仕事の責任感が絡まり合って、頭の中でグルグル回る。

うだうだしていると、後ろからいきなりガンと椅子《いす》を蹴られて飛び上がった。

「おっと、失礼。足が引っかかっちゃって」

アルバイトの学生、宮下裕司《みやしたゆうじ》だ。

引っかかったというより、思いきり蹴られたという感じなのだが。

「椅子が出っ張りすぎなんですよ」

上から見おろして文句を言う。

「そ、そうだった？　ちょっとボーッとしてて」

「みたいですね。仕事もしないで居眠りかと思った」

顔は可愛いのに、なぜか入谷に対してだけ態度がきつい。

大学四年生の宮下は、我が社のアルバイト歴二年目。受付の雑務からはじまって、機転の利く仕事ぶりが買われて今では編集部のサポートまでこなす。卒業後は正社員採用が決まっている有望株である。

ハキハキしていて人当たりもよい。女子社員の間ではマスコット的存在の人気者。ところが、どういうわけか入谷にはよくこうしてつっかかってくるのだ。

「おーい、入谷。高嶺先生との打ち合わせ、報告がまだだろ。どうなった？」

一服休憩から戻った編集長が、入谷のデスクにまっすぐ歩いてくる。

「あ、編集長。お茶でも淹《い》れましょうか？」

「おお、宮下くん。渋茶で頼む」

にこやかに頷く宮下は、入谷に目もくれずスタスタと廊下に出た。当然、入谷のお茶までは用意してくれない。いつものことだ。

「すみません、まだなにも……。高嶺先生は創作に没頭してらして、ほとんど話ができなくて」

入谷は椅子を半回転させ、編集長に情けない顔を向けた。

「それでも予定を進めるのがおまえの仕事だろう。すぐ電話して次の打ち合わせ日を決めろ。なんなら、今からでも直接いけ」

「でも、昨日はお子さんの世話をするばかりで……。あのようすだと今日いっても得るものはないかと」

「なにを弱気になってる。時間の許すかぎり張りついて、少しずつでも話を進めて予定どおりに原稿をもらうんだ。そのためなら子供の世話でもなんでもやれ」

活躍中の高嶺にとっても初となるエッセイ執筆。それを他社に先駆けて我が編集部が獲得した。期待の目玉企画で、すでに発刊予定も組んである。なんとしても落としちゃいけないと、編集長は力を入れているのだ。

「高嶺先生が忙しいなら、手助けするのが担当の役割だ。その昔、小説家の大先生は夜中に饅頭《まんじゅう》が食いたいと言い出した。コンビニや二十四時間営業の店のない時代だぞ」

「はあ……」

折につけ何度も聞かされた逸話である。

それはたぶん、五十年ほども前のこと。ひとり暮らしの御大小説家が手に怪我《けが》をしてペンを握るのが困難になった。人気の連載で締め切りは間近。休載するにしても穴を埋められるほどの同レベルの作品はすぐには用意できない。そこで担当編集者は代わりにペンを取り、一言一句漏らさず原稿用紙に書き取ることにした。毎日通って合間には食事を作り、散らかった部屋の片づけもした。ところが、いよいよ締め切りがあと二日と迫った晩、御大が突然「饅頭が食いたい」と言い出した。困った担当はせんべいで我慢してもらおうとしたのだが、粒あん饅頭を食わないと続きが浮かばないとゴネられ、夜中に探し回ってやっと知人の家にある土産《みやげ》物の温泉饅頭を譲り受けて食べさせた。そうして苦労の末、めでたくも締め切り日に完成原稿を勝ち取った。その後、御大は他のどの出版社よりもこの担当との仕事を優先したのだという。

編集長がまだ文芸誌の新米だった頃、大先輩からそんな経験談を聞かされてハッパをかけられたエピソードだ。

今は時代もシステムも違うし、そこまでやる編集者はいないけれど、プロとしてそれくらいの気概を持って仕事に臨めということだ。

時間をやりくりしてどこまで献身するかは、担当者の判断。旬《しゅん》のアーティストが美を語るという企画を出したのは入谷で、それが通って候補に高嶺が上がった。同じ大学出身ということもあって担当になり、依頼の電話でOKをもらった。

念願だった月刊ミュージィに配属されて初の大仕事だ。編集長じゃないが、なんとしても落としたくない。連載一回目は予定どおりに原稿を受け取って発刊したい。

「よし！　じゃあ、これから電話してみます」

いつもは聞き流していた逸話でも、今はプロ根性に響いて気力が奮い立ってきた。

入谷はデスクに向きなおり、半ば緊張して受話器を取った。

数回のコール音のあと、聞こえてきたのは浩汰の可愛い声。

『もしもしぃ。たかみねです』

きちんと電話にも出られる。五歳とは思えないほど賢い子だ。

「入谷くんだけど――」

『いりやくんっ？　あそびにくる？』

名乗った途中で浩汰が声を弾ませる。期待で目をキラキラさせる顔が見えるようで、入谷の頬が緩んだ。

「えっとね、また今度、遊ぼうね。先にお父さんとお仕事しなきゃいけないんだけど、今まだ忙しそうかな」

『アトリエ。ぼくはねえ、おなかすいたかられーとーパスタたべるの』

「冷凍パスタ？　ひとりで？」

入谷は思わず時計を見た。五時ちょっとすぎで、夕飯の時間には少し早い。

『うん。レンジにいれて、ピーってなったらできるんだよ』

慣れてるような口ぶりだけど、本当にひとりで大丈夫なのだろうか。五歳児が冷凍パスタを温めている姿が脳裏に浮かんで、ちょっと心配になるが。

『でもね、いりやくんのチャーハンまたたべたいな』

無邪気な言葉に、入谷はホロリとしてしまった。

遊びにくる？　から、食べたいなまでの流れ。浩汰は『遊びにきて。ご飯作りにきて』と言っている。反応を計算しているわけじゃないにしても、完璧なおねだり攻勢だ。

「よし、わかった。すぐいく」

幼い子にこんなに頼られて、知らん顔なんかしたら鬼だ。大人失格だ。

「ご飯作ってあげるから、冷凍パスタはピーしないで待ってて。いいね」

入谷は喋りながらカバンに書類をつめ、急いで編集部を飛び出した。

電車に乗ると、乏しいレパートリーの中からなにを食べさせようか、考える。一汁三菜みたいなきちんとした献立は作れないが、とりあえずすぐできるもの——。

浩汰はチャーハンが美味《おい》しいと言っていたから、そのバリエーションで、子供の好きそうなチキンライスに決めた。

それにしても、冷凍パスタは確かに簡単だけれど。よく考えたら、高温になったできたての袋をレンジから出して破いて皿に乗せるなんて、危ないだろう。火傷《やけど》でもしたら大変ではないか。

そこまで放置するのは、いくらなんでもひどすぎる。

レンジの使いかたを教えるひまがあったらまともな食事をさせてやれよ！　と思う。

浩汰がひとりでなんでもやろうとしている健気な姿を想像して、あれこれ考えるうち無責任な高嶺にだんだんと怒りが湧いてきた。

駅前商店街で鶏肉《とり》を買い、高嶺宅に駆けつけると、浩汰が嬉しそうにぴょんぴょんとまとわりついてくる。フェレットのフェルメールも、一緒になってぴょんぴょんと足元で跳ね回る。ケージから出して遊んでいたらしい。

高嶺はアトリエから出てこず、ドアを開けて声をかけてみても、相変わらずうんともすんとも反応しない。入谷の声など耳に入らないのか、ただ黙々と筆を動かすばかり。

こんな父親のもとで、浩汰がひねくれもせず素直なしっかり者に育っているのが不思議なくらいだ。赤の他人だというのに懐いてくれるのは、きっと愛情に飢えているから。そう考えると、浩汰がいい子なだけに腹が立つ。

「創作のためとはいえ、大事なひとり息子をほっぽりすぎなんじゃないですか」

しかし、声を荒げて訴えてみても、高嶺の後ろ姿はピクリとも動じない。

「栄養の必要な子供に冷凍食品なんか食べさせて、しかもひとりで用意させるなんて、あんまりにもかわいそうでしょう。父親として最低ですよ」

手を繋いだ浩汰は、キョトンとした顔で入谷を見上げる。

「俺だって、仕事したいのに打ち合わせもできないんじゃ困ります」

高嶺の手がピタリととまり、凝り固まった首をギシギシひねって肩越しに振り向いた。

「……誰だ?」

そのひと言で、入谷はがっくり肩を落とした。

怒りの勢いがポロリと削がれた。

「月刊ミュージィの編集。あなたの担当の入谷です」

「ああ、そういえば……忘れてた」

昨日も同じようなやりとりをした。

頭大丈夫かと疑ってしまう。この調子では今はなにを言っても無駄だ。高嶺の耳に訴えは届かない。

あきらめた入谷は、ため息をついてそっとドアを閉じた。

「いりやくん、おこってるの？」

浩汰が、心配そうに入谷の手を引っ張る。

「ううん、怒ってないよ。ちょっと大きな声出しちゃったけど」

笑って答えてやると、浩汰は安心したように笑顔を返してくれた。

小さな子供に、よけいな気遣いなんかさせちゃいけない。自分の幼稚園くらいの年齢だった頃を思い出すと、わがままで甘ったれで、なにもかも親任せ。五歳児といったら、それが普通だろう。浩汰はこんな環境で育って、きっと必要に迫られてしっかり者になってしまったのだ。

気を取りなおした入谷は、クルリと反転してキッチンに向かった。

「さ、ご飯の支度。あっ……っと」

フェルメールが足元でちょろちょろしているのに気づかず、踏み出した勢いのまま蹴ってしまった。

「ごめん、大丈夫かな。けっこう思いきり蹴っちゃったけど」

怪我させてしまったかと心配する入谷をよそに、コロンと転がったフェルメールはまた元気よく飛び跳ねてまとわりついてくる。

どこも痛くなかったのだろうか。しゃがんで手を出してみると、ぴょんぴょんしながらいきなりかぶりついてきた。

「いたっ」

「あっ、ちぃでた。こら、ふぇるめーる」

振り払って見ると、親指の付け根からじわりと血が滲んでいた。でも、わりと強く嚙《か》まれたが、蹴られて驚いたとか、怒ったというような、攻撃的なようすではない。楽しくて調子に乗ってやっちゃったといったテンションの高い食いつきかただ。

「大丈夫だよ。もう痛くないし、血も少ししか出てないし」

「いけないの。ふぇるめーるはこどもだから、しつけ」

なるほど。まだ一歳前の子フェレットだから、加減できずに思いきり嚙んでしまうということらしい。浩汰はフェルメールの首根っこをつかんで抱き上げる。

「こうやってぇ……はなピン！」

小さな人差し指でフェルメールの鼻先を弾《はじ》く。が、命中せずにかすめただけ。そして叱る顔を作り、入谷に向けて差し出した。

「いりやくんも、おもいきりかんだらだめっておしえて」

「そっか。よぉし」

そういうことなら、と浩汰に合わせて怒った顔を作り。

「加減しないで噛んじゃだめだぞ！」

中指をピンと弾く。それが思ったよりきつく入ってしまって、鼻のてっぺんでビシッと鈍い音をたてた。

「わわっ、痛かったかな」

入谷は鼻血が出たんじゃないかと一瞬怯《ひる》んだ。ペットのお仕置きなんて初めてなのである。ところが、フェルメールはちょっと首を引っ込めただけで、床に降ろされるとまた楽しそうに跳ねてまとわりついてくる。

痛みに強い習性なのか、それともまったく痛くなかったのか。どっちにしても、怒られたのを理解していない。というより、なんだか怒られても鼻ピンされてもひたすら嬉しそうに見える。

「大丈夫……みたいだね」

初めて接した子供の言動は新鮮でけっこう面白いが、フェレットというのも犬猫と違って謎《なぞ》な生物だ。まあ、とりあえず丈夫な鼻でよかった。

再度気を取りなおした入谷は、浩汰と一緒にフェルメールをケージに入れ、パンと膝《ひざ》をはたいて立ち上がった。

「さてさて、ご飯作ろう」

「なにつくるの？」

「チキンライス」

「ケチャップあじ！」

浩汰の反応はまずまず。好きなメニューのようで、作りがいもあるというものだ。

手順は昨日のチャーハンと同じで、ご飯が炊けるまでの間にリビングをざっと片づけて野菜を刻む。スープを作り、フライパンで具を炒めた上にご飯を投入。張りきってケチャップを入れすぎて、ちょっとリゾット風のベタベタになってしまったけど、浩汰は喜んで完食してくれた。

いちおう高嶺のぶんも用意したが、空腹も忘れて創作に没頭しているようで、今夜は匂いにつられて出てこない。

絵はあとどれくらいで完成するのだろう。入谷は、浩汰に気づかれないよう小さくため息をついた。

「デザートのアイス、たべていい？」

「ん～？　いいんじゃないかな。あとできれいに歯を磨こうね」

「はーい！」

いいお返事をした浩汰は、冷凍室からミニカップのバニラアイスを出してテーブルに駆け戻った。

よそ様の躾はわからないが、食後のアイスくらい別にかまわないと思う。自分が子供の頃も、食後によくアイスを食べた。『きちんと歯を磨きなさいよ』というのが、母の決まりセリフだ。

「そういえば……」

浩汰の相手をする時、いく度となく自分の幼稚園時代を思い比べたけれど、そういえばこの子は幼稚園にいってないのだろうかと、遅ればせながら気がついた。

「浩汰くん、幼稚園にはいってないの？」

訊いてみると、浩汰はアイスを口に入れながら満悦顔で言う。

「ほいくえん」

「あ、なるほど」

共稼ぎ世帯、もしくはシングル世帯の子供が通う保育園である。送迎バスのある幼稚園と違って、親が送り迎えするはず。

「じゃあ、いつもはお父さんが連れていってくれてるの？　今はお仕事が忙しいからお休み中?」

「うん。でもね、ほんとはひとりでいけるんだよ。でもあぶないから、ひとりでいったらだめなんだって」

「保育園は近い? 歩き?」

「みち、しってるよ。こうえんのあっちのとこ」

「そうか……」

入谷は当面のワークスケジュールを頭の中に並べ、しばし考えた。

どうやら保育園は近いところにあって、歩きで通園しているという。今は呆れるほどの放置だけれど、浩汰の世話のために大作は控えていたと言ってたし、仕事で根をつめていない時の高嶺はそれなりに父親の役目を果たしてはいるらしい。とはいっても、きっと最低限。この散らかし放題の状況を見るに、たかが知れているような気はするが。

「保育園、好き?」

「うん! おともだち、たっくさんいるよ」

それなら、父親と一緒に家にこもっているより、保育園ですごしたほうがいい。

あり合わせの粗末な夕飯を喜んで食べてくれる浩汰が不憫で、心配で気にかかってしかたがない。散らかった環境も、食生活も、子供には悪いことだらけだ。なにより、いつ打ち合わせできるか、エッセイの方向性や原稿着手のめどもつかない状態がダラダラ続くのは、こっちも迷惑。

保育園にいけば給食で栄養が取れるし、浩汰も退屈で寂しい思いをしなくてすむ。家の中も少しは清潔な環境が保てる。ひいては、浩汰の世話をすることが創作に集中する高嶺のサポートにもなって、彼の絵が完成すればきっとすみやかに打ち合わせに入れるだろう。

おせっかいかもしれないが、これも担当編集者としての仕事のひとつ。夜中の饅頭探しだろうが、子供の世話だろうが、予定どおりに原稿を書かせるためならなんだってやってやる。

「それじゃあ、明日から入谷くんが保育園に連れていってあげる」

「ほんとっ？」

浩汰の顔が、ぱあぁっと明るくなった。保育園にいきたくてウズウズしていたようだ。

浩汰が喜んでくれると、なんだかこっちも嬉しい。

わがままを言わず、片づけや歯磨きなど進んでやる手のかからない良い子である。時間のやりくりはきついだろうが、子供の好きなメニューを覚えてハンバーグにもチャレンジしてみよう。

と、すっかり保護者代理の気分に浸る入谷だった。

翌朝。仕事を持ち帰って寝不足の入谷は、眠気を振りきっていつもより一時間早く家を出た。

ただでさえ多忙な日々に、輪をかけて忙しい毎日のはじまりだ。

昨夜、社に戻って編集長に報告したら、編集長は目を丸くしたあと破顔して入谷の肩をバンバンと叩いた。逸話の効果に感激したようで、出社が遅くなっても遅刻扱いにはしないと請け合ってくれた。

いつまで続くか、絵の納期を聞いてないからわからないが、高嶺のエッセイをもらうため、健気な浩汰のためにも、とにかく頑張ってみようと思う。

八時すぎに高嶺宅に着くと、浩汰は着替えをすませて保育園カバンを肩にかけ、ソワソワしながら待っていた。

父親は、相も変わらずアトリエだ。

ひとりで食パンをかじって牛乳を飲んだと聞いて、『そうだった、朝ご飯も用意してやらなきゃ』と気づく。自分の朝食もせいぜいパンとコーヒーていどだけれど、明日からはコンビニに寄ってサンドイッチやおにぎりを買うことにしようと、効率のいい手順を頭の中に並べて考えた。

保育園児ひとりとはいえ、朝から寝るまでの面倒を見るとなると、やることはいろいろ多そうだ。

出るさいはオートロックだからいいが、帰った時には鍵《かぎ》が必要なので、浩汰に保管場所を聞き、スペアキーを借りて丁重に財布に入れた。

案内される形で歩いた道のりは、家から約十分ほど。

五歳の浩汰はひばり組で、来年は年長のつばめ組になるという。先生は優しくてオモチャも絵本もたくさんで、つばめ組になったら年下の子の手洗いや着替えを助けてあげたり、手を繋いで公園に遊びにいったりするのだと、楽しそうに教えてくれた。

なんでもひとりでやろうとする浩汰は、保育園でもしっかり者をいかんなく発揮しているようである。

近くだと浩汰が言っていたとおり、ほどなくして『おひさま保育園』のアーチを掲げた施設が見えてきた。

車の通りの少ない住宅街の中にあって、規模は小さいが建物は新しくてきれいだ。外壁にウサギの絵が大きく描かれており、パステルカラーを基調にした柱が可愛らしい。

門の中に入ると、開け放したガラスドアの向こうで子供たちが走り回り、エプロン姿の保育士が登園してきた親子を出迎えていた。

お母さんたちはみな隙のない服装をしていて、快活な喋りかたや動作からそれぞれキャリアを積んだ女性に見える。賑《にぎ》やかだけれど落ち着きのある園で、ハイソサエティな印象を受けるのは、やはり高級住宅街という地域性だろうか。

「きむらせんせー、おはよーございます！」

勝手知ったるといった顔の浩汰が、玄関で上履きに履き替え元気に挨拶する。

三十代半ばくらいと思える保育士が、笑顔で駆け寄ってきた。

「きたわねえ、浩汰くん。待ってたよ」

木村《きむら》先生は浩汰の頭を撫でながら、入谷の言葉を促すようすでペコリと会釈する。いつもと違う人間が浩汰を送ってきたので、その説明を待っているのだ。

「おはようございます。高嶺さんが忙しいもので、落ち着くまでしばらく私が代わりに送り迎えします」

入谷は、木村先生に倣《なら》ってペコリと会釈を返す。

「まあ、そうですか。お休みすると一度連絡いただいたんですけど、繊細なお仕事ですものね。大変なんでしょうねえ」

「アトリエから出る余裕もないみたいで」

「でも、浩汰くんが園にこられてよかったわ。しかたないとはいえ、四日もお休みして退屈しちゃってるだろうなと思ってたんですよ」

「四日……」

　つまり、四日前までは高嶺も送迎する余裕があったということだ。

「あの、迎えは何時頃でしょうか」

「浩汰くんの保育時間は、いちおう九時から六時までです。高嶺さんはだいたい五時すぎくらいにいらしてますね」

　そう言う横で、女の子がお母さんに「ママ、いってらっしゃーい」と手を振り、教室に駆けていく。

「いりやくんも、おしごといくの？」

「そうだよ。夕方になったら迎えにくるから」

「うん。いってらっしゃーい」

　女の子の真似《まね》だろうか。浩汰は手を振り、教室へと走っていった。

「では、お預かりしますので」

「はい。あ、そうだ」

　思いついた入谷は、スーツの内ポケットから名刺を取り出す。

「なにかあったら、こっちの携帯のほうに連絡ください」

「あら、出版社。お父様とはお仕事関係のお知り合いでしたのね。わかりました」

　受け取った木村先生は、納得したようにニコリと微笑んで頷いた。

「それでは、よろしくお願いします」

入谷は保育園を出ると、急ぎ足で駅に向かい、電車に飛び乗る。遅刻扱いにならなくても、仕事は山積みなのだ。

編集部で資料を確認したら、すぐさま女流画家特集の取材に走らなければならない。午後は話題のアーティストのインタビューがあり、社に戻って巻頭を飾る写真のチェックや、コラム欄の執筆。夕方になったら浩汰を迎えにいって夕飯を食べさせ……。

体力勝負、そして時間との闘いである。

今日は特に移動が多くて忙しいが、そんな中でも浩汰になにを作ってやろうかと、夕食のメニューを考える。

栄養のために野菜をたくさん使ったものがいいだろう、ということで、単純に野菜炒めに決定。

そんなこんなで、なんとか時間をやりくりして仕事をこなし、保育園に迎えにいったのは五時半すぎ。なんだか気が急《せ》いてワタワタしてしまうけど、保育時間は六時までなので余裕でセーフだ。

しかし、高嶺宅に帰って冷蔵庫を見たら、キャベツどころか野菜炒めに使えそうな食材がない。あるのは、日持ちするじゃがいもと人参と玉ねぎくらい。明日からは冷蔵庫の中身をチェックして、献立に必要なものを考えて駅前スーパーで買い足していかないと。

しかたないので、ストックの棚を漁《あさ》ってカレールウを見つけ、急遽《きゅうきょ》カレーを作って食べさせた。

そのあとは風呂に入れて、ベッドで本を読んで寝かしつけ、合間には、散らかりっぱなしのリビングも手早くささっと片づける。

独身男だというのに、一日目にしてフルタイムで働くお母さんの大変さが身に沁《し》みてわかった入谷である。

時間も九時近くの帰り際。

保育園の送り迎えをすることを、高嶺にまだ話していなかったのを思い出した。

唐突に昨夜決めてバタバタと実行したから、相談も許可もすっかり忘れていたのだ。

入谷は、気乗りしない視線でアトリエのドアをじっと見やる。

どうせ意思疎通できないだろうし、今日だって浩汰が家にいないことに気づいてもいないかもしれない。

でも、ひと言断りを入れておくべきだろう。

スーツの上着に袖《そで》を通し、恐る恐るアトリエのドアを開けた。

「すみません」

顔だけ入れて声をかけると、高嶺はやっぱり背を向けたまま、反応が薄い。

風呂にも入っていないらしく。ボサボサの髪に、絵具だらけの小汚い服装。昨日と同じものを着ていて、まるで時間が存在していないかのように、昨日と同じ姿勢で黙々とカンヴァスに筆を走らせている。

「報告があとになりましたけど、今日は浩汰くんを保育園に連れていきました。先生がお忙しい間、代わりに俺が送り迎えしようと思います。浩汰くんが家にいなくても驚かないでくださいね」

「……浩汰から聞いた」

おお！　と入谷は内心で声を上げた。高嶺が返事をした。めずらしく意思疎通できてるみたいだ。

「食事もさせて、できるだけ世話します。ついでに掃除なんかも少しは。先生の創作が家事に煩《わずら》わされず捗《はかど》るように、協力しますから」

言うまでもなく家事育児放棄で絵に没頭してるけどね、と心の中でつけ足す。

「そちらが完成したら、すぐうちの仕事にとりかかってください。早く打ち合わせに入りたいんで」

「ああ……、助かる」

入谷は思わず目を見開いた。

なんと、青天の霹靂《へきれき》！　嚙み合わない生返事じゃなく、高嶺が謝意を表した。なにを言ってもろくに聞いちゃいないだろうと思っていたのに、振り向きもせずボソリとしたひと言ではあるが、『助かる』とまともに返してきた。

編集長の逸話を真似したのは正解だった。

高嶺の『助かる』は、プライベートを犠牲にしてまで実践する価値があると証明されたも同然の、意味ある言葉だ。

保育園の送り迎えをして食事をさせて、こうなったらきっちり掃除洗濯もしてやろう。残ったデスクワークは残業と持ち帰りでなんとかすればいい。それを毎日やるのは大変だけど無駄にはならないはず。

見たところ、絵もそろそろ完成が近いようす。大学時代と打って変わって小汚い変人なおじさんになり果ててしまったけれど、完成したらきっと創作の世界から戻ってくるに違いない。その日が一日も早くやってくることを祈るばかり。

そうしたら、少しはまともに話が通じて、打ち合わせしてエッセイをもらって、落とすことなく発刊となるのだ。

浩汰の世話と家事を代行することで恩を売るつもりはないが、きっと対等以上の立場で気持ちよく高嶺と仕事できる。そう思うと、不思議な充実感が湧く。

「あ、そうそう。勝手に鍵をお借りしました。あとで責任持ってお返しします。じゃ、今夜はこれで帰りますので」

言ってドアを閉めると、入谷はグッと拳を握った。

五日目の朝、浩汰を迎えにいくと、高嶺がリビングのソファで頭からすっぽり毛布にくるまって寝ていた。

限界がきて仮眠を取っているのだろう。起こさないようにと、入谷が口の前に人差し指を立てると、浩汰も「しーっ」と人差し指を立てて静かにしたくする。ぴょんとはねた髪の寝ぐせを蒸しタオルでなおしてやり、コンビニおにぎりを食べさせ、足音を忍ばせてすみやかに家を出た。

子供の世話にもだいぶ慣れてきて、我ながら手際がよくなってきたと思う。仕事のほうも休日返上で遅れを取り戻したし、ハンバーグを作ってみたら初めてのわりに大成功で、料理のレパートリーがひとつ増えた。睡眠不足が少しきついけど、あと何週間、何か月も続くわけじゃないので、気力と勢いで乗りきれる。

ほんの十五分ていどの空き時間、入谷は廊下の休憩スペースにあるソファに腰かけ、料理部門から借りたレシピブックを開いた。

なにを作っても浩汰は残さず食べてくれるけど、栄養も念頭に入れないといけないだろう。数少ないレパートリーは一巡してしまったから、子供の喜ぶ美味しい料理を覚えたいのだ。

シチュー、ミートソース、唐揚げ、ナントカのナントカ焼き。下ごしらえして煮込んだりオーブンに入れたり。ざっと目を通したところ、短時間で作れそうなものはほとんどない。そもそも、レシピブックに載るような料理は、スキルの低い入谷にはチンプンカンプンなのである。

「久しぶり、入谷くん。最近忙しそうだね」

頭を悩ませていると、専務の堀口《ほりぐち》が隣に座った。社の経営トップである会長の甥《おい》、直属ではないが年が近くて気のいい上司だ。

「久しぶりって、先週会ってるじゃないですか」

「一週間も君の顔が見れないと寂しいんだよ」

堀口は、入谷の肩に手を置き、さりげなく身を寄せてくる。

突然ハッと顔を上げ、もぞりと尻《しり》をずらして入谷から体を離した。

「堀口専務。こんにちは」

バイトの宮下である。

宮下は自動販売機に硬貨を投入し、ボタンを押すとペットボトルのお茶を取り出し、ゆっくりした動作で蓋を開け、ひと口飲む。そのままなにも言わず、廊下の向こうへと歩いていった。

きまり悪そうな顔で宮下の後ろ姿を見送った堀口は、入谷に目を戻し、また尻をずらして身を寄せた。

「今夜どう。飲みにいかない？」

「しばらくは、ちょっと……無理かな」

「そんなに忙しいの？　残業続き？」

「自主残業みたいなものだけど。担当してる高嶺一志先生のお子さんの面倒を見てるんです。保育園の送り迎えから寝かしつけるまで」

「ああ、同じ大学出身だとかいう画家……。期待の目玉企画だって、僕も聞いてるよ。子供の世話するくらい、彼と個人的に親しいの？」

堀口は、眉《まゆ》を顰《ひそ》めて入谷の顔を覗《のぞ》き込む。

堀口と初めて会ったのは、彼が親会社から移動してきた三年前。何度か食事にいったり飲みにいったりするうち、お互いの恋愛志向が同じだということがわかった。先にそれに気づいたのは堀口のほうで、なにかと気にかけてくれて、今では入谷にとってありのままを話せる唯一の同類だ。

「いえ、個人的なつき合いはないですよ。でもあの方、かなり変わってて……創作に没頭すると現実から精神が乖離《かいり》しちゃうっていうか」

「芸術家にはよくいるね、そういうタイプ」

「そうなんです。それが特に激しくて、打ち合わせはろくにできないわ、子供は放置だわで、見るに見かねて。代わりにお子さんの世話をしながら、高嶺先生の仕事が終わるのを待ってる状態です」

「なるほど、順番待ちかあ。困った人だね。でも君だって他に仕事を抱えてるのに、大変だろう」

「すごくいい子で可愛いから、そんな苦になりません。逆に、楽しんじゃってるくらいですから」

「情が移ったり」

「ですね」

「……そのうち父親のほうにも特別な情が移ったり？」

堀口はますます眉を顰め、身を乗り出してくる。

「まさか。あんな小汚い変人になっちゃった人に——あ、いえ。仕事の一環」

残念感をポロリとこぼしてしまい、入谷は慌てて言いなおす。

「なにしろ、扱いにくくて難しい人なんですよ。だから恩を売るじゃないけど、親身なサポートをしておけば、ちょっとは優位に仕事できるかなっていう打算も少々」

「それを聞いて安心したよ。じゃあ近いうちまた誘うから、ふたりで飲みにいこう」

堀口は、入谷の手を軽く握ってすぐに離す。

実は、堀口とはその気になれば交際に発展しそうな微妙な関係なのだ。今のところ入谷は恋愛感情を持っておらず、上司であり友人という一線を越えてはいない。

だけれど……。

高嶺に鼻で笑われたのがトラウマで、性的マイノリティを嫌悪されることが怖くなって長いこと誰ともつき合えないでいた。そのくせ好みの彼の顔がいつまでも脳裏に焼きついて離れなかった。でも、苦い想いを抱えてまで憧れ続けた高嶺は、別人。いや、幻でしかなかったのだ。

過去に囚《とら》われて、いつまでも恋愛経験も性体験もなしというのは、成人男子として情けないと思う。いいかげんトラウマから脱却して、交際のひとつもしてみていいんじゃないだろうか。ただでさえ恋愛対象の少ないマイノリティにとって、同類との出会いは稀少《きしょう》。

相手が堀口なら、好意から恋への発展を期待できそうな気がする。そろそろ次のステップに進んでもいい頃だ。

堀口は、入谷に半身を向け、色よい返事を待つ。

「一段落ついたら、ぜひ」

誘いを受けた入谷は、堀口の手の甲にソロリと指先を触れさせた。


取材先から直行して、保育園に着いたのはちょうど五時。

浩汰はどこかなと探して園庭を覗いてみると、小さな子から年長つばめ組さんまでの混合でボール遊びをしていた。

芸能界入りを目指してるのか？　と思うようなお洒落な髪形や服装の男児の中で、やっぱり浩汰が一番。可愛く整った顔立ちに、過去の高嶺を彷彿《ほうふつ》とさせる男の子らしい凛々しさもある。

「あら、入谷さん。お疲れさまです。浩汰くん、そこでお友達と仲良く遊んでますよ」

主任保育士の木村先生が、園庭を指差して教えてくれる。

「ええ。楽しそうで、まだ遊ばせてあげたいけど」

ゆっくりしている時間はないのだ。

帰るよと浩汰に声をかけようとしたら。

「あ……」

一番大きな男の子が三歳くらいの男の子を突き飛ばした。

優しそうな女の子が助け起こし、浩汰が大きな男の子に「年長なのに！」と食ってかかる。大きな子がゲンコツを振り上げてケンカ勃発《ぼっぱつ》。

浩汰が殴られる――、と慌てたところが。

あらびっくり。とめるヒマもなくゲンコツよりも早く、浩汰がビニール風船のバットでポコンッと男の子の頭を叩いた。

そばにいた保育士がお互いごめんなさいをさせて治めたけれど……。浩汰がお友達を叩くとは意外で、入谷は唖然としてしまう。

「またやっちゃったわね、浩汰くん」

入谷と一緒に見ていた木村先生が、さも日常茶飯事といったふうに笑った。

「また？　って、おとなしい浩汰くんがケンカするなんて」

「あらあ、ちっともおとなしくないですよ。と～っても手が早いですし」

「そ、そうなんですか？」

「元気ありあまる活発なお子さんで、他にもいろいろやってくれます。この間なんか、蝶々《ちょうちょ》を捕まえようとして雨どいをよじ登って下りられなくなっちゃって。今だから大笑いできるけど、あの時は職員みんな真っ青で、もう……」

木村先生は、クックッと肩を揺らす。

天井の高い二階建てで、職員を慌てさせるほど上までよじ登ってしまったのだろう。手のかからないおとなしい子だとばかり思っていたから、浩汰にそんな武勇伝まであったとは驚きだ。

「正義感が強くて優しいんですよ。それに、ケンカしても力任せに叩かないで、ちゃんと加減してる。頭がいいんですよね。活発なのは、のびのび育ってる証拠です」

頼もしく宣言されて、入谷は実の我が子をほめられたような誇らしい気分になった。

加減といえば、フェレットのフェルメールを思い出す。遊びでも思いきり噛んではいけない。加減を覚えないといけないという躾の効果は、そのまま浩汰の身についているのだ。

「あ、いりやくん！」

入谷に気づいた浩汰が、満面の笑みで飛びついてくる。

「おかえりのしたくするね」

すぐさまひばり組の教室に駆け込んで、通園カバンを肩にかけて戻ってきた。

今までほとんど家の中の浩汰しか見ていなかったけど、子供だからといってバカにしたもんじゃないなと、入谷は浩汰のつむじを見おろして口元をほころばせた。

可愛いだけの良い子ではなく、いたずらもすればケンカもする。小さくても、たくさんの面を秘めた一個の人間なのだ。これからどんなふうに育って、どんな大人になっていくのか、想像すると将来が楽しみになってくる入谷だった。

「お友達の頭、叩いちゃったね」

保育園を出ても笑みのとまらない入谷は、歩きながら話しかける。

見られていたとは知らなかったのだろう。浩汰は意外そうな顔で入谷を見上げ、バツ悪そうに口を尖《とが》らせた。

「おともだちにらんぼーしちゃいけませんって、せんせいがいうのに……けんくんがわるいんだもん」

「うん、わかってるよ。浩汰くんは、小さいお友達を助けてあげたんだよね」

そう言ってやると、浩汰は今度は照れくさそうにニマリと口角を上げた。

「正義感が強くて優しい子だって木村先生も言ってた。でもいきなり叩いちゃうのは、だめかなあ」

「せーぎのみかた？　せんせいが、いった？」

浩汰の顔がちょっとシュンとしたものの、すぐに眉がキリリと吊《つ》り上がっていく。正義の味方らしい気分が盛り上がってきたのだろうか。表情がクルクル変わるさまは、愛くるしくて胸がほんのり温まる。

「ほめられて嬉しくなっちゃったから、チョコチップのアイスを買ってあげようかと思うんだけど」

話すうち、なにかごほうび的なことをしてあげたくなった入谷である。

「やった！　たまやさんいくっ」

チョコチップは一番好きなアイスクリーム。喜んだ浩汰は、ぴょんと向きを変え、すぐそこに見えるＴＡＭＡＹＡに向かって駆け出した。元は八百屋から発展したという、食べきりサイズのお菓子の品揃えがいい小さなスーパーだ。

「あ、こら。危ない」

左から一台の乗用車が走ってくるのが見えて、入谷は道路に飛び出そうとした浩汰を慌てて引っ張り戻す。

その目の前で、乗用車が急ブレーキをかけて停止した。

飛び出したといっても子供の足でほんの二、三歩。車との距離からしても、念のために減速するていどで充分なはずなのだが……。

わざわざ目の前で停車するとはいったいなんだろうと見ていると、男が首の後ろを押さえながら運転席から降りてきた。

「いてて、いててえ。ガキが飛び出しやがって」

いきなりすごまれて、入谷は無意識に浩汰を背後に隠し入れる。怯《おび》える浩汰は、緊張したようすで入谷のスーツの裾を握り締めた。

サングラスに派手なカラーシャツ姿の、地域にそぐわない粗暴な男だ。付近の住人ではなく、車の少ないこの住宅街を通り抜ける途中だったのだろう。

「す、すみません」

「ムチウチになったじゃねえか。どうしてくれんだ」

そう言う足取りが、今にも倒れそうにヨタリと揺れる。

わざとらしい。明らかに言いがかりだ。ということは。

「でも、ムチウチになるほどの急ブレーキだったとは」

「なんだとぉ？　こっちは首が回らねえぐれえ痛え、つってんだよ」

「飛び出したというほどは道路に出てないし、直接の原因になるタイミングでもなかったと思いますけど」

「小難しいことほざいてんじゃねえよ。こーいう時は『すみませんでした』つって素直に詫びて、治療費払うのがスジってもんだろがよ」

やっぱり、金の要求。確実に避けられるタイミングなのに、因縁《いんねん》をつけて恐喝《きょうかつ》する。チンピラのような輩《やから》だ。

こんなやつに出す金はない！　……とは思うものの、暴力沙汰《ざた》になって浩汰に被害が及んだらと危惧《きぐ》すると、腕力に自信のない身としては強気に出られない。

「とりあえず十万もらっておこうか」

「十万？　それは多すぎ」

「八万にしといてもいいぜ」

男が、さっさと財布を出せと手を伸ばす。

「言いがかりに金は払えません。警察に……」

「ざけんな！」

ポケットからスマホを出そうとすると、伸ばした男の手がそれを奪おうとつかみかかってきた。

「うわ」

とっさに硬直して目を閉じた。瞬間、入谷の耳にパシッという音が聞こえた。

見ると、長身の人影が立ちはだかり、男の手を叩き落としていた。

「おとうさん！」

浩汰が、父親の足にしがみつく。

「た……高嶺さん？」

長身の救い主は、まだアトリエにこもっていると思っていた高嶺だった。

入谷は、横に立つ高嶺を呆然として眺めた。カットして整えた髪に、無精ひげのないさっぱりした顔。ヘンリーネックのシルクシャツに、折り目のついたスラックス。絵具もシワもない清潔な服装だ。

「うちの子が歩行者用の白線から二歩ほど出ましたね」

高嶺が、落ち着いた態度で涼やかに言う。

「な、なんだ。あんたが親父《おやじ》かよ」

「ちょうど後ろから見てましたが、あなた、うちの子が白線に戻ってからブレーキ踏んだでしょう。加えて、三十キロ制限の住宅街でスピードオーバー」

「だっ……、だからなんだ。ガキを跳ね飛ばす前にとまってやったんだぞ。おかげでこっちはムチウチだ」

男は二十センチ差はあるかという長身を見上げ、怯みながらも恫喝を続ける。

「首が痛えんだよ。つべこべ言ってねえで慰謝料よこせ」

「おや？」

ふいに高嶺が右のほうを指差す。なにかあるのかと入谷がそちらに目をやり、男もつられてクルリと顔を向ける。

「首は普通に動かせるようですね」

「う……っ」

指摘されて、男は言い返せず歯噛みした。

「まあ、ムチウチはあとから症状が出ると言いますから、友人に専門医がいるので紹介しましょう。それと、こういう場合は警察に間に入ってもらったほうがいい。親類が警察庁の幹部なのですぐ連絡します。私の有能な顧問弁護士も呼ぶ。裁判になればそちらも出費がかさむだろうが」

一気にたたみかける言葉遣いは丁寧だが、見おろす気迫がジリジリと男を後退りさせていく。

「まずは、診断書を持ってこい」

高嶺の声が、ワントーン低くなった。

「話はそれからだ」

「く、くそっ」

グウの音も出ない男は車に走り、運転席に乗り込むなり急発進して逃げ去った。

正当な論旨で圧力をかける。見事な手並みだ。

「やっつけちゃったね。おとうさん、かっこいい！」

浩汰が興奮気味に頬を紅潮させ、両腕を広げる。高嶺は浩汰を抱き上げ、入谷のようすを窺うように目元をすがめた。

「怪我は？」

「いえ、ありがとうございます。た……高嶺先生がきてくれてよかった。浩汰くんになにかされたらと思って、ビクビクしちゃって」

「ぼくはこわくなかったよ。あんなやつ、おとなになったらやっつけてやる」

「そうだな。でも、まずは話し合いからだぞ？」

息子を優しく諭す高嶺が、入谷に向かって微笑んだ。

「いろいろと世話をかけて、申し訳なかった」

入谷は瞬きを忘れて目が釘《くぎ》づけになった。今朝までの小汚い高嶺じゃない。大学時代と寸分違《たが》わぬ完璧な美丈夫。いや、それなりに年齢を重ねた落ち着きを感じさせ、なおかつ若々しく精力に溢れた高嶺だ。

遠くから眺めるだけだったあの彼が戻ってきた。しかも、笑いかけてくれている。さらに、高嶺とそのミニチュア版といった浩汰との夢のツーショット。好みの顔が並んでいて眼福というか、もう眩しくてクラクラしてしまう。

不躾に見惚れていることに気がついて、入谷は気恥ずかしくなって視線を逸《そ》らした。

「大作……完成したんですね」

「明け方近くにようやく。おかげさまでなんとかなった。絵具が乾くまでの期間を考えるとギリギリだったんだ。本当に君のおかげとしか言えない」

「とんでもないです。あの……、今朝までとは別人みたいにきちんとしてらしてちょっと驚いて……あ、失礼。その、つまり……完成してよかったです。おめでとうございます」

つい凝視してしまった言い訳をしようとするが、うまくまとまらなくてグダグダだ。

「いや、長らくみっともないところを見せてしまったな。少し仮眠してから浩汰を保育園に連れていくつもりだったんだが、目が覚めたら出かけたあとで」

高嶺は『うっかりだった』と爽《さわ》やかに笑って言う。

「キッチンとリビングも片づいていて助かった。今日の掃除は一日がかりだと覚悟してたけど、久しぶりでゆっくり風呂に入って、髪も切りにいけた。夕食の下準備もできた。礼というにはささやかだが、ぜひ一緒に食べていってくれないか」

「え、高嶺先生の手料理ですか」

「おゆうはん、なあに？」

「浩汰の好きなもの」

あまりの変わりように、ただただ驚く入谷だったが、浩汰のようすからしてこれが通常の高嶺らしい。家に帰ると、どこもかしこもピカピカで、澱んでいた空気もすっかり入れ替えられ、リビングには美味しそうな匂いが漂っていた。

「すぐできるから」

と言う高嶺が、エプロンをつけて料理の仕上げにとりかかる。子煩悩《ぼんのう》で家事能力も抜群で、まさに理想のスーパーダーリンである。入谷は大学時代に戻ったかのように目が吸い寄せられ、我に返っては慌てて視線を逸らすのくり返し。

なにか手伝ったほうがいいだろうかと思いつつも、リビングで浩汰とフェルメールと遊んでいると、「できたぞー」と呼ばれたのは三十分後。子供のいる家庭での一般的な夕飯時間だ。

テーブルに並べられたのは、フィッシュボールのクリームシチュー。玉ねぎとトマトとハムのマリネ。青野菜のサラダを添えたメインディッシュのチキン照り焼き。彩りよく栄養バランスも考えられていて、目にも楽しい。さっそく口に入れると、入谷には使いかたの謎だった調味料群があますところなく配分されていることがわかる。チャーハンがまずいと言ったのも納得の、完璧な味だ。

「美味しい。いつもこんな本格的な手料理を?」

入谷は感嘆して、ため息さえ漏らしてしまう。

「浩汰のために我流で覚えたんだが、今ではすっかり趣味の範疇《はんちゅう》だ」

趣味でここまで完璧にできてしまうのは、やはり創作者の才能のなせる業か。柔らかなフィッシュボールは魚の臭みがなく、子供の好きな照り焼きは醤油《しょうゆ》が香ばしくとろける甘味。香味料の利いたマリネはほどよい酸味で、大人も子供も美味しくいただける。

「こんなすごい料理を食べ慣れてる浩汰くんに、ありあわせのチャーハンとか作ってたなんて恥ずかしくなっちゃうな」

「いりやくんのチャーハンおいしいよ。ハンバーグもおいしかった。またつくってね」

浩汰は、かつてない勢いでパクパク食べながら入谷に言う。

「浩汰くん……ほんと、いい子」

美味しいというより、父親が忙しくてお腹が空いていた時に作ってもらったことが嬉しかったのだろう。あんな粗食を残さず食べてくれていた心優しい浩汰に、ホロリとしてしまう。

次があるかはわからないが、もっと料理の腕を上げておこうと入谷は胸に誓った。

食事を終えた浩汰はリビングでテレビをつけ、チョコチップのアイスを食べながらアニメを見はじめた。平和で健全な家庭のひと時だ。

「順番が逆だが、子供の前では食事中の飲酒は控えているんで」

高嶺がチーズを盛り合わせた皿を冷蔵庫から出し、グラスを並べてワインのコルクをキュッと抜く。

「よかったらワインでも」

「いっ、いただきます」

食事のあとにオードブルとワイン。逆でもなんでも、高嶺が用意してくれたものなら断るわけがないではないか。

「子供の前ではお酒を控えるって、さすがですね。父親の鑑《かがみ》です」

勢いあまって、いかにもお世辞に聞こえそうなセリフを口走ってしまった。

「いや、実は子供に食べさせながらだと落ち着いて飲めないから」

高嶺はグラスにワインを注ぎ、入谷に差し出しながらふわりと口角を上げる。芳醇《ほうじゅん》な液体を喉に流して、満足そうに息を吐いた。

「久しぶりで人間界に戻ったような気がする」

「まさに、そんな感じですね。最初は言葉も通じてないみたいで、どうしようかと」

「や、ほんとに申し訳ない」

頭を下げる高嶺と目を見合わせ、入谷は小さく声をたてて笑った。

「絵に没頭すると周囲が見えなくなってしまうんだ。昔からその傾向はあったが、大作や連作を描くたびに悪化していって……、これはもう病気だな」

「そういう方、けっこういますよ。無口になったり怒りっぽくなったり、タイプもさまざま。こっちも仕事がら慣れてますから、大丈夫です」

　ドンと胸を張って請け負うものの、見た目も中身もここまでガラリと変わる人もめずらしい。入谷は驚くやら呆れるやら、そして嬉しいやら。なにしろ五日前はその変貌《へんぼう》ぶりに愕然《がくぜん》として、子供放置の最低な男だと本気で人格を疑った。最悪の再会がインパクト強すぎただけに、憧れの高嶺が戻ってくれて感動もひとしおだ。

「よくないとわかっていても、どうにもコントロールできない。今回はどうしてもと知人に頼まれて、浩汰もだいぶ手がかからなくなってきたしと思って引き受けたんだが」

「浩汰くんのために大作は控えていたと、おっしゃってましたね」

「言ったか？」

「はい」

「そうか……すまん。筆が乗ってスパートに入ると、記憶があいまいになって憶えていないことも多いんだ」

　入谷はなるほどと頷いた。噛み合わなかった会話はほとんど彼の記憶に残ってない。きっと、寸前でやめたあの恥ずかしい出来事も忘れているだろう。だからこんなに爽やかに接してくれている。そうに違いないと、密かに胸を撫でおろした。

「子供の生活に合わせてると集中して取り組む時間が細切れで、まいった。なかなか捗らないまま納期が迫って、掃除の手を抜き食事の手を抜き。そのうち家事全部あきらめて、冷凍食品とデリバリーのオンパレード」

「しっかりしてるとはいえ、浩汰くんもまだ五歳ですからしかたないですよ」

「しまいには浩汰の世話まで手を抜いて、君が初打ち合わせにくる二日くらい前だったろうか。突然なにかが降臨したかのようにスパートがはじまって、時間の感覚が吹っ飛んでいった。浩汰の世話をしてもらってることは認識できても、漠然として頭が回らない。なんというか、五感はこっちにあるのに意識はあっち、みたいな」

「別世界の住人でしたね。でも絵が完成するまでと思って……待ったかいがありました」

「すっかり迷惑をかけた。没頭したらあのザマで、別世界の住人てのは実態を知ってる人にもよく言われる。もう平身低頭、詫びるしか」

高嶺は、テーブルに両手をついて深々と頭を下げる。

「そんな、何度も謝ってくださらなくていいですよ。気にしないでください」

入谷は顔の前でワタワタと手を横に振った。

「おかわりは？」

高嶺が、お詫びの印とでもいったふうにワインボトルを手にする。

「いえ、いただきたいけどまだ仕事があるんで」

ワイン一杯で酔ったことはないけれど、なんだか頭がのぼせて幸せな気分になっていく。

大学時代はただ見てるだけの人で、仕事で再会したら意思疎通もできない気難しい変人と化していた。それが、こんなふうに話して時間をすごせるなんて夢みたいだ。

「ああ、そうだったな。仕事だ。打ち合わせをしないといけないな」

「はい。あ、じゃあさっそく概要だけでも」

入谷はカバンを取りにリビングのソファに走る。アイスを食べ終わった浩汰は、テレビアニメに夢中だ。

「美を語るというコンセプトですが」

ダイニングテーブルに戻ると、食器を寄せて企画書を広げた。

「美というのは主にどんなものを？」

「題材は、なんでも。芸術作品や建築物について語っていただいてもいいですし。素晴らしい作品を産み出す糧になっているものだとか。高嶺先生の感性を前面に押し出していただけたらと」

高嶺は『ふむ』と企画書を覗き込む。

「たとえば、どんなものを見た時に美しいとお感じになります？」

「そうだな……。風……陽に透ける葉脈……果てしなく広がる大地……」

高嶺は腕を組み、なにかを探すような視線を宙にさまよわせる。その表情がまたあっちの世界に飛んでいきそうで、入谷は一瞬焦った。が、ほどなく戻ってまっすぐな目を入谷に合わせた。

「人間の創り上げる美も素晴らしいが、移り変わる自然の美しさには言いようのない感銘を受ける」

「なるほど、いいですね。高嶺先生の作品そのものです」

「ところで、『先生』はやめてくれないかな」

「あ、はい。では、なんと……？」

「高嶺でも一志でも、入谷くんの呼びたいように」

「えっ」

思いもかけない要求をされて、目の前が一瞬白く弾けた。すぐに視界が戻り、『高嶺さん』『高嶺先輩』『一志さん』と、大学時代に何度も妄想した呼びかたが頭の中で躍った。

「絵描きふぜいが先生なんてつけられると、どうにも落ち着かない。なにより、君は浩汰のお気に入りの友達だからね。もう少し砕けたつき合いをしようじゃないかと思うんだが、どうだろう」

「わっ、わかりました。高嶺さんと呼ばせていただきます」

迷いも考えもなく、即答である。

「そしたら、お……俺は、たっ高嶺さんより年下なので……よかったら呼び捨てで」

今度はしどろもどろ。そのうえ照れて、頬がほんのり赤らんでしまう。

「よし、じゃあ入谷。浩汰と三人で、いい友人になれそうだ」

　さっそく呼び捨てされて、口元がデレリとたるんだ。親しく呼び合う妄想が、なんと九年の時を経て現実になったのである。感激せずにはいられない。

「そそ、それで……続きですけど」

　しかし、いつまでもデレてたら挙動不審だと思われる。気持ち悪いやつだと思われたら元も子もない。入谷は懸命に取り繕って、企画書を確認するフリをした。

「えと……それでですね。月刊誌の連載ですから、毎月のネタが尽きないように取材に出るのもいいかと……あ～、たとえば……美術館巡りとか」

「そうだな。ずっとこもってたから、外に出たい」

「取材費は全面こちら持ちで、写真も撮りたいので同行させていただきますね。とりあえず連載一回目はプロフィールと、代表作の写真にキャプションをつけて掲載する予定ですので」

　腐ってもいっぱしの編集者。頭が仕事に切り替わると、とたんに言葉が淀《よど》みなく流れ出してくる。

「掲載する作品は画集になっている中から何点か、あとできれば新しいもの……あ、そうだ。完成したばかりの絵、もしよかったら見せていただいても？」

「ああ、かまわないよ」

　快く応じた高嶺は、アトリエのドアを開けて入谷を招き入れる。

聖域に踏み入った入谷は、言葉も忘れて息を呑んだ。画材の匂いが鼻腔《びこう》をくすぐり、体が浮き上がる感覚のあと、風にさらわれるようにして飛んでいった。

未完成の状態で垣間見た時より、何倍もの躍動感が迫る。鮮やかな色彩と眩《まばゆ》い光。そして生命の息吹が、アトリエいっぱいに広がって疾走する。この絵を見た者は、高嶺一志の描く世界に圧倒され、そして心を満たすことだろう。

情感を刺激する色彩もさることながら、確立したスタイルも素晴らしい。さまざまな技法をこなす多彩な画家だが、絵具が乾ききる前に滑らせるようにして色を塗り重ねていくのは、高嶺の真骨頂だ。

「すごい……心が風に持っていかれたかと思った」

「それは嬉しい感想だ」

「言われ慣れた称賛でしょうけど、自然への憧憬《どうけい》をここまで具現化できる才能は素晴らしいとしか言えません。躍進する大企業のセレモニーにふさわしい名画です」

「絵が好きなんだな」

感嘆しきりで興奮気味の入谷を、高嶺は目を細めて見つめる。

「それはもう、俺は編集者という以前に高嶺一志のファンですから。大学時代からずっと好きでした」

興奮するあまり、言わずともいいことをつい言ってしまう。

「学生の頃というと、公開作も少ないし画壇入りもしてなかったが」

「あっ、はい。あ……コ、コンクールの受賞作品の展示会を見て」

「なるほど。そんな前から目をつけてくれていたのか」

高嶺は、フワリとした笑顔で入谷の肩に手を置いた。入谷の肩がジワリと熱を持って、顔が一気に火照《ほて》った。

「そうですっ、そう。高嶺さんの絵はすごく印象的だから。た、大成する人だと思って密かに、追っかけしてました」

力を込めて言う額に脂汗が滲みそうだ。

本音と建て前がごちゃ混ぜになって焦っているのに、肩に手なんか置かれてもう挙動不審マックス。でも絵のファンなのは本当だし、好きだったのはあくまでも絵ということでと自分に言い聞かせ――。

「あの、アトリエに置かれた状態でこの絵を写真に撮って掲載してもいいでしょうか」

入谷は平静に戻ろうと必死に気を落ち着け、頭を仕事に切り替える。

「セレモニーのあとならかまわないと思う。出版社側から先方に連絡して許可を取ってもらえれば」

「ありがとうございます。許可いただいたら、後日カメラマン連れてきますね」

「じゃあ、連載一本目はこの絵をネタに」

「そうですね。見開き四ページで、せっかくだから写真は大きく載せて。ご自身の近影はOK？」

「できればNG」

「わかりました。今思いついたんですけど、足を伸ばして泊まりがけの取材旅行なんかもいいかなと。自然を満喫したり、土地の工芸品を見たり。さり気ない風景の中に美を見つける、みたいな探訪エッセイを織り交ぜていくんです」

「旅行もできるとは、いい仕事を引き受けたな」

「俺も便乗できるんで楽しみです。希望の旅先とかホテルがあれば手配しますから、言ってください」

企画が形になっていって、気は落ち着いていてもテンションがどんどん上がっていく。

浩汰のおかげで、ただの仕事の関係だけじゃなく親しいつき合いができる。今、入谷の頭にあるのは、大学時代の憧れの高嶺と、目の前にいる高嶺だけ。

思いがけなくも心弾む展開になって、『トラウマから脱却』だの『堀口に身を委《ゆだ》ねる』だの考えたことなど、もうすっかり忘却の彼方《かなた》。このイクメン高嶺をもっと知りたい、見ていたいと思う入谷だった。

企業からは、社の宣伝になるからと快く写真掲載の許可をもらった。打ち合わせは順調に進み、アトリエの撮影も終えた。

高嶺は一回目の執筆にとりかかり、絵に没頭すると別世界に翔んでしまうという先々を考慮して、前倒しで次の原稿の準備もはじめた。

浩汰の世話をしに通う必要がなくなったのはちょっと寂しいけれど、高嶺とは打ち合わせで会えるし、仕事にかこつけて電話すればいつでも声が聞ける。そのうえ、取材にも同行できるのだ。

今日はさっそくのネタ集めで、午後から高嶺と待ち合わせて、バロック絵画の来日展に赴いた。通算でもう何度も鑑賞している名画ばかりだけど、高嶺の独特の視点で解説されてなお理解が深まった。誰の取材のためにきているのだってくらい、静謐《せいひつ》な美の空間を楽しんだ。

そのあと、浩汰が会いたがってるからと夕食に誘われて、そのまま連れ立って保育園に迎えにいった。

そして今、入谷は高嶺宅のキッチンに立って戸惑っていた……。

高嶺の美味しい手料理が食べられると思って期待してお邪魔したのだが。

「おゆうはんは、いりやくんのチャーハン！」

と、浩汰にリクエストされてしまったのだ。

使うものは、ありあわせの野菜。しかし、料理の腕がプロ並みの高嶺が管理する大型冷蔵庫は、買い揃えたばかりの豊富な食材がびっしりだ。こんな立派な材料が並んでいる中で、粗末なチャーハンを作るなんて恥ずかしいことこのうえない。

「あの……浩汰くんはなぜか気に入ってくれてるけど、はっきり言ってまずいですよ？」

あのボーッとした状態でいろいろ記憶に残ってない高嶺は、『まずい』と言ったことも、その味も忘れているだろうと思ったが。

「ああ……うん、いや」

憶えていたらしい。視線が、あさってのほうにチラと動く。

「そんな、まずいというほどでもなかったよ」

さらっと言いなおすけど、フォローになってない。

顔も上げず『まずい』と言い放ったほうは、やっぱり忘れているのである。無意識に口から出た言葉は、ほとんど憶えていないのだろう。

実を言うと、絵に没頭していた一週間、彼がなにを憶えているのか、押し倒されたきわどいあの出来事のわずかでも記憶に残っていないのか、確かめてみたいとは思う。

でも、そんなことを聞いて全部思い出されたりしたらヤブ蛇。もしアレを憶えていたとして、彼の中で触れたくない黒歴史になっていたりしたら、非常に気まずい。

　だから、蓋をして今は高嶺と浩汰とすごす時間を楽しんでしまおうと思う。大学時代は彼と会話するなんて夢だったけど、こんな近くで寄り添うみたいにしていられるのは、このうえもない役得なのだから。

「自分のだけ作って食べてたぶんには、お手軽で美味しくできる得意の一品だったんですよ。でも量が多いとご飯がベタついちゃうし、味もなんかいまいちだし」

「そこは、ちょっとしたコツがあるんだ」

　言われて、入谷は野菜を刻む手をとめた。

「教えてください。俺にもできる？」

「まず、野菜は水分が出ないようにできるだけ細かい微塵《みじん》に」

「なるほど」

「ご飯をパラパラに炒めるには」

「ふむふむ」

　などとアドバイスを聞きながら、入谷は大きな中華鍋《なべ》を揺らして香ばしいチャーハンを炒める。

　かたわらで、高嶺は鶏ガラからダシを取った自前のスープストックを使い、本格的な中華スープを作っていく。

「さあ、できたぞ。フェルメールをケージに入れて、手を洗ってきなさい」

サラダ仕立てにしたマッシュポテトをテーブルに置き、高嶺が声をかける。

フェルメールと遊んでいた浩汰は洗面所で手を洗って駆け戻り、いただきますをすると『これこれ』といった顔でチャーハンを口に入れ、にんまり笑った。

高嶺に教えられて作った味には深みがあって、ネギの香りと焼き豚のほのかな甘みのバランスが絶妙。玉子が口当たりをまろやかにしていてご飯もパラパラ。前に食べさせたチャーハンとは驚くほど違うできだ。

しかし、違いに気づいてないようだが、別に味音痴なわけでもない。浩汰にとってそんなことは問題ではなく、入谷が作ったから無条件で美味しいと感じるのだ。

「これって、子供の本能なのかな」

入谷は頬を緩め、しみじみ浩汰を眺めた。

「へんな言いかただけど……子犬や子猫って、家族の中でエサをくれるお母さんに一番懐くでしょう。それと同じようなもので、お腹が空いてた時に食べさせてもらったチャーハンがすごく美味しいってインプットされて、そのままひよこの刷り込みみたいにして懐いてくれたのかなって」

「それは、あるかもしれないな」

「生かしてくれる人、生命の糧を与えてくれる人に一途《いちず》な信頼を寄せるのは、人間も動物も共通ですね」

　高嶺は瞳の奥にわずかな驚きを浮かべ、目を細めて入谷を見つめた。

「俺も、浩汰の離乳食が完了した頃に似たような感動を持ったよ。で、嬉々《きき》として元妻に話したことがある」

「そうか。やっぱりそうですよね。それで、奥さんはなんて？」

　高嶺と意気投合した入谷は、身を乗り出す。

「ペットと一緒にするなって怒られた」

「えぇ？　地球上の生命体に存在する絆《きずな》の不思議に感銘を受けただけであって、ペット扱いしてるわけじゃないのに」

　守護に身を委ねる子供の本能に素直に感心したのに、否定されるとはがっかり。入谷は椅子に背をもたれかけ、頰を膨らました。

「そうやってへんに理屈をこねくり回したり、無駄にスケールを広げたりすのは、男の考えかただと」

「女の人は違うんですか？」

「らしいな。まあ、彼女は仕事で家を空けることが多かったから、嫌味に聞こえたのかもしれないが」

「う〜ん……奥さんと考えが合わないって、難しいですね」

「一緒に暮らしてるのに別々に子育てしてるような感じだったな」

入谷は高嶺と顔見合わせ、お互い軽く首を傾げて笑った。

「今は感性の似た強力な助っ人ができて、嬉しいよ」

高嶺が、腕を伸ばして入谷の肩をちょんと人差し指でつつく。

「これからも、よろしくな」

「お、俺にできることがあれば……なんでも」

入谷は言いながら、照れて口がもつれてしまう。

浩汰のおかげで、友人として助っ人として、存在を認めてもらえた。よろしくだなんて言ってもらえて、こっちのほうが彼の何十倍、何百倍も嬉しい。この父子《おやこ》のためなら、どんなことでも協力したいと思う。

入谷は紅潮する頬を静めようと、スープをズズッと飲んだ。

「スープもポテトも、高嶺さんの料理はほんと美味しい。浩汰くんの好きなもの、俺も美味しく作れるようになりたいです」

「ぼくはねえ、シェパーズパイすき」

「なにそれ？」

浩汰が会話に飛び込んできて、入谷は初めて聞く料理名に思わず聞き返した。

「ミートソースにマッシュポテトを乗せて焼く、イギリスの家庭料理だ」

「あと、バーベキューすき！」

「バーベキュー？」

それは焼くだけで簡単そうだけど。

「あとね、やきそば！　ウインナ！　ハム！」

言い上げる浩汰は、どんどん盛り上がっていく。

「料理なの？　それ」

「近いうちデイキャンプに連れていく約束をしたんだ。長らくほったらかした穴埋めで」

「ああ、それで。楽しみでしょうがないんですね」

解説されて、納得した。

「入谷も、一緒にいかないか？」

「えっ！」

思いがけないお誘いで、入谷は浩汰みたいにぴょんと飛び上がりそうになった。

「ぜひっ、参加させていただきます」

当然、即答である。

「ドライブがてら、神奈川あたりの自然公園にいくつもりだが」

「ザリガニつりするんだよ」

「うわあ、いいいね」

高嶺父子とデイキャンプ。バーベキュー。ドライブ！　入谷も、浩汰と一緒になって気分がハイになっていく。

「いつの予定で？」

「こっちはいつでも。入谷の仕事の都合もあるだろう」

「来週明けの入稿がすんだら、俺もいつでも大丈夫」

「あしたいく？」

「明日は無理だなあ。えっとね、次の日曜日のあとくらい。俺はなにか用意するものってあります？」

浩汰に応え、高嶺に向き、忙しい入谷である。

「食材は俺が揃えておく。キャンプ用品はうちにあるし、バーベキューセットはレンタルにするから、入谷は身ひとつでくればいい」

「はいっ、了解です」

デイキャンプ参加が決まって、ワクワクする入谷の頭の中でなぜかビールのＣＭのバーベキューシーンが躍った。

そんなこんなで、トントンと決まった翌週の水曜日。

休日の混雑は避けたいという話から、じゃあいっそ取材を兼ねようということになり、入谷はカメラとタブレットを持参しての初デイキャンプだ。

朝九時に出勤して、高嶺との待ち合わせは会社の前。迎えにきてもらってからの遅い出発だったけれど、道路の混雑もなく悠々と車を走らせて一時間ほどで到着した。

そこは森林をそのまま残して整地した公園で、小川やアスレチックのある広大な遊び場である。

芝生の広場と野鳥の住む池のほとりはそこそこ賑わっているが、さすが平日で森は人影がほとんどない。車の乗り入れができるデイキャンプ場もガラガラで、周囲に気を遣うことなく一日のびのび遊べそうだ。

夏から秋へと移り変わっていく景色は緑が深く、陽射しがまだ少し暑いけれど、長袖のコットンシャツを吹き抜ける風が爽やか。

入谷は、清涼な空気を肺いっぱいに吸い込んだ。

「都心からの近場で、こんな自然豊かな公園があるんですね」

「子連れでも手軽にアウトドアが楽しめて、危険のない安心スポットだ。大型テーマパークにいくより楽しめるだろ」

「テーマパークは、並ぶ時間が長くて疲れるからいかないなあ」

「ああ、あの混雑の中にいると精気が吸い取られるような気がする。浩汰も、都会の遊園地よりキャンプのほうが喜ぶし」

「小さいうちから自然に親しむのはいいことだと思います。うちなんかみんなインドア派で、家族揃って色白モヤシですよ」

「確かに、入谷は女も羨《うらや》むスベスベ色白だ」

「それ、嬉しくないお世辞ですから」

「そいつは失礼」

高嶺が、声を上げて笑う。その横で、アウトドアが好きな浩汰は、車から降りるとさっそく飼育ケースやらザリガニ釣りの竿《さお》やらを引っ張りだしていた。

心得たもので、タープをたてるとその下におもちゃを並べ、フェルメールの小型ケージを運び入れるのも率先して手伝う。デイキャンプには必ず連れてくるのだという、それもアウトドアが好きな理由のひとつなのだろう。

テーブルを広げ、折りたたみのアウトドアチェアをセットして、設営完了。

我が家をそのまま持ってきたといった感じで、くつろげるプライベート空間のでき上がりだ。

そして、お待ちかね。レンガを積んだ炉で炭をおこして網を乗せ、高嶺がトングを片手に慣れた手つきで食材を次々に置いていく。

なにか手伝ったほうがいいのだろうけれど、なにをどうやったらいいのかわからない初心者なので、ただ座って高嶺の手さばきを目で追うばかりの入谷だ。

玉ねぎやピーマン、シイタケといったザク切りの野菜類と、ビーフとチキンと、浩汰の好きなウインナ、厚切りハムなどなど。網の上が賑やかで、焼けるのを見ているだけで楽しくなってくる。

紙皿とフォークを持った浩汰が、今か今かと構えて待つ。

「野菜も食えよ。玉ねぎと、ピーマンと、ナスと」

「たべるよ。とうもろこしもね」

浩汰は、一番に焼けたウインナをフォークに刺し、フーフーしながらほおばった。

「ふだんは好き嫌いしないいんだが、バーベキューはお祭り気分になるらしい。好きなものだけ思いきり食べて満腹になってしまうんだ」

「わかります。特別イベントですもんね。俺も、まずこれをいただく」

入谷もお祭り気分で、焼き色がついて弾けたウインナをパリッと齧《かじ》る。

旨味《うまみ》を逃がさない炭焼きの肉も野菜もジューシー。シメは鉄板焼きそばで、野外という開放感も相まって、キッチン調理とは別格の味わいだ。

お腹がいっぱいになると、「早く出せ～遊びたい～」と暴れるフェルメールをケージから出してやり、ハーネスをつけてお散歩タイム。

外を怖がらないフェルメールは、胴長短足だけど全力で走ると意外に早い。犬みたいにあちこちクンクン嗅《か》ぎ、かと思えばいきなり落ち葉や枝にじゃれついて跳ね、そのうち疲れると木の根元を掘り返してちゃっかり丸まって寝てしまう。

フェレットはペット用に品種改良されたイタチなので、天敵への警戒心やテリトリー意識、攻撃性というような野生の本能がほとんどないのだそうだ。

ご飯を食べ、遊び、ほぼ三時間おきに排泄《はいせつ》し、そしてパタリと眠り――。短いサイクルでよく動き回る。ちょこまかとしたところは、子供の相手にぴったりの動物である。

「土まみれになっちゃったね」

「帰ったらすぐシャンプーだな」

高嶺は、土のこびりついたフェルメールの鼻先をちょいと掃《はら》う。

「でもねえ、ふぇるめーるはおふろきらいだから、いっつもせんめんきでうんこしちゃうんだよ」

浩汰が言って、ケラケラと笑い声をたてた。

ウンコシッコ発言を面白がるのは、男の子ならでは。

フェルメールがお昼寝タイムに入って、ケージに戻すと今度はすぐそばを流れる小川でザリガニ釣り。帰る時間まで遊び倒しだ。

傾きかけた午後の陽射しが、森の枝葉の間をぬってたくさんの木漏れ日を作る。

さきイカの袋を抱えた浩汰が、地面にできた光の輪に立ち。

「ワープ！」

声を張り上げて、隣の輪へとジャンプした。

映画かアニメの真似だろう。異空間を繋ぐ光から光へと転移するSFごっこ。入谷は大げさに胸を張って「ふふん」と鼻を鳴らした。

「入谷くんは、浩汰くんより遠くにワープしちゃうからね」

ライバルっぽく言うと、入谷もスポットライトのような木漏れ日の輪に入り、大きく跳んで隣の輪に移動して、短い釣り竿を掲げて見せた。

「俺は入谷の倍いくぞ」

SFごっこに乗った高嶺もバケツを振り上げ、長い足で大きくひとっ跳び。

「あ〜、ぼくだっておとうさんよりいくもん」

負けん気を出した浩汰が足をバタバタさせた。

「じゃあ、競争だ」

受けて立つ高嶺が、そこに見える小川を指差す。

「ぼくがいっとうしょう！　よ〜い、どんっ」

勝気な掛け声で一斉に飛び出した。

しかしそこは浩汰のための競争。高嶺と入谷はわざとゆっくり、ジグザグに。ストライドの小さな浩汰に花を持たせ、三人してぴょんぴょんとジャンプをくり返していく。

「いっちばーん！」

先頭で小川のほとりに到着した浩汰が、一等賞のバンザイをした。

こんな子供中心のやりとりは、最近まではたで見ていて『親ばかだな』くらいにしか思わなかった。

でも今、自分がやってみたらすごく楽しい。

負けん気で、勝たせてもらって素直に喜ぶ浩汰の五年後、十年後の成長した姿が楽しみで、すっかり家族の一員になった気分だ。

糸の先にエサのさきイカを括《くく》りつけ、水に垂らすとすぐに赤茶色の大きなヤツが出てきて食いつく。すかさず入谷が網ですくい取り、連携プレイで五匹ほどバケツに入れたところで、色や大きさなどをじっくり観察して川にリリース。草陰にカエルがいるのを見つけると捕まえて飼育ケースに入れ、横から下からとじっくり観察してまたリリース。

タープに戻って冷たいお茶を飲んでひと息つくと、高嶺がスケッチブックを膝に乗せて鉛筆を走らせはじめた。

すぐにも描きとめておきたいような、絵心をくすぐる情景があったのだろうか。

入谷は邪魔にならないよう、浩汰を連れてタープから出た。

お父さんが絵を描いてる時は協力する。健気な浩汰も、ボールを抱えて入谷と一緒に足音を忍ばせた。

最初の頃は、最低な父親に放置されてしっかりした子供になってしまったのだと考えていた。愛情に飢えているから懐いてくれているのだと思った。

でもそれは間違いで、充分な愛情をかけられているからこそ好意に素直に甘え、まっすぐな気持ちで人を好きになれる。そうして他人を思いやり、父の仕事を尊重できる良い子に育っているのだ。

それは、こうして父子の絆を見ればひと目でわかる。

家政婦など雇わず母親の役割まで全身全霊を傾ける高嶺と、一生懸命に応える浩汰。ふたりで羨ましいくらいの素敵な家庭を築いていると思う。

「いりやくん、みてて。ほら」

サッカーができると自慢そうに言う浩汰は、ボールを置いてちょんと蹴った。

「お、うまいうまい」

入谷が蹴り返してやると、一目散に追いかけて手でボールを拾い、地面に置いてまたちょんと蹴る。サッカーができるというより、最近じょうずに蹴られるようになったといった感じだ。

ひとしきり遊んでふと振り返って見ると、タープの下では高嶺がまだ一心にスケッチブックを抱えていた。

休憩しに戻ると、お昼寝から覚めたフェルメールが遊びたがってケージの中で騒ぎ出した。物音をたてては、長い胴と首を伸ばしてこちらの反応を窺う。

元気な浩汰はフェルメールにハーネスをつけ、今度はシャボン玉遊びをはじめた。

遊びに夢中な子供は気力体力が驚くほど充実していて、運動不足の大人はついていくのも息切れしてしまう。三十分もすると全身が汗ばんで、喉がゼイゼイだ。

入谷は麦茶を飲みながら高嶺の隣に座り、なにを描いているのかチラリと手元を覗く。

「あ、これって」

思わず言いかけて、うるさくしたかと慌てて手で口を塞《ふさ》いだ。

「気を遣わせてすまない。悪いクセだ」

高嶺は鉛筆をとめ、顔を上げて微笑む。

「いえ、俺のほうこそ。邪魔してすみません。このスケッチ、浩汰くんと……」

「浩汰と遊ぶ入谷だよ。平和で、いいモチーフだろ」

「ええ、癒《いや》されるタッチでとてもいいですね。でも、高嶺さんの人物画を見れるなんて貴重だな」

「そりゃ風景と動物は多いが、俺だって人物を描かないわけじゃないぞ？　ちなみに、描けないわけでもない」

それは知ってる。今のスタイルを確立する以前から、大学で高嶺の絵は見ていた。そのあとも着々と実績を上げていく作品もチェックしていた。

美大を出て一流画家として成功してるのだから、人体くらい描けるのはあたりまえ。でも、これまで発表した作品の中の人物は顔なし、シルエットで性別がわかるていどで、かげろうのように風景の一部に融け込む画法がほとんど。ましてや、高嶺はクロッキーやスケッチをいっさい公開していない。だから、素描といえどモデルまで判別できる彼の絵が見られるのは、本当に貴重なのだ。

「あの、他のもよかったら……」

おずおずと頼んでみると、高嶺は快くスケッチブックを入谷に差し出す。

受け取るとさっそく、胸を弾ませてじっくり視線を落とした。

数枚に亙《わた》って描かれているのは、木漏れ日の射す森で戯れる浩汰と入谷。浩汰を抱き上げて笑う入谷。素描ではあっても繊細で情感豊かで、力強いタッチの油彩画を次々に発表する高嶺とは違う一面を表すスケッチだ。

こんなに細かい表情まで見られていたなんて恥ずかしくなるけど、静かな感動がゆっくりと胸に沁み入ってくる。

「なんていうか、すごく……仲良く描かれてる。浩汰くんを可愛いと思う俺の感情がそのまま映し出されてます」

「浩汰も、入谷が大好きだ。もう家族のつもりでいるんじゃないかな」

「そうだと、嬉しいな」

「俺も、入谷は他人のような気がしない」

「ほ、ほんとですか？」

本当なら、すごく嬉しい。そんなことを言ってもらえて、踊り出したくなる。

「息子を可愛がってもらったら、親としては悪い気はしないさ。絵と仕事を理解してくれて浩汰を気にかけてくれて、俺も入谷に甘えっぱなしだ」

「いえ、そんな」

「入谷が女だったら、嫁に欲しいくらいだ」

「よ……っ」

嬉しいを一気に飛び越えて、頭がのぼせて顔が熱くなった。

他人の気がしないという意味は、嫁……。いやいや、勘違いしそうになるけどその言葉を額面どおりに受け取っちゃいけない。一度は結婚して子供もいるノーマルな男性なのだから、本気で言ってるはずないのだ。彼の発言は、感謝と親しみをこめた冗談だ。

入谷は平静を保とうと、冷たいコップを頬に当てる。

「高嶺さんこそ、理想のスーパーダーリンなのに……どうして奥さんは出ていってしまっ

たんだろう」

頬が冷えても頭の熱が引かないまま、ポロリと疑問を口にしてしまった。

「や、出すぎたことを」

入谷は慌てて打ち消し、よくある別の話題を探す。

「あ……えと、高嶺さんモテるから、再婚話もいっぱいあるんじゃないですか？」

焦るあまり、今度はおばさんの井戸端会議みたいな話題を持ってきてしまった。

恋人の存在や再婚話はちょっと気になるけど、今の和やかな流れからいきなりそれは不躾だろう。

フォローが思いつかず撃沈していると、高嶺は鉛筆でポリリと頭をかく。

「再婚は無理だな。というか、結婚に懲りた」

「懲りたですか」

もう気の利いた言葉が返せず、きまりが悪くて入谷もポリと頭をかいた。

「そもそも、俺は恋愛に関してあまり器用じゃないんだ。遊びの相手とは後腐れなくつき合えるんだが、本気の相手となるとどうにもうまくいかない」

今度は、胸がドキリと不穏な音をたてた。

遊び相手というのは、体だけの気軽なつき合い。つまりセフレで、高嶺がその気になれば、そんな女性はいつでもどこにでもいるということだ。

モテるであろう彼なら、過去も今も、セフレのひとりやふたりいたって不思議なことはなにもない。気の合う女友達とスポーツでもするみたいにして、後腐れなく溜《た》まった欲求を発散するのだろう。

入谷は『遊び相手』のところをサラリと聞き流したふうを装って、首を傾げて見せた。

「うまくいかないって……、なぜ？」

「例の、悪いクセのせいだ。絵を描いている時とのギャップがひどすぎて、誰とつき合っても長続きしなかった。内面を絵で表現していると、感情が暴走しがちで――」

入谷は、目の前で爽やかに笑って言う高嶺と、絵に没頭する高嶺の姿を思い比べ、さもありなんと納得した。

つき合いはじめはマメに連絡を取り合い、デートを重ねて会話も弾む。しかし、創作が佳境に入るとしだいに無口になり、カンヴァスに描く世界にこもって彼女はそっちのけ。なにを言われても生返事で、しまいに意思疎通さえできなくなる。入谷のチャーハンを『まずい』と言った時のような、無意識の暴言で怒らせて、『あたしより絵のほうが大事なのね』と、ついには破局を迎えてしまうのだ。

「愛想をつかされて、逃げられちゃうわけですね」

「そのとおり。自慢じゃないが、こっちからふったことは一度もない」

高嶺は、なぜか得意げに鉛筆を振って言う。

「確かに、スパート中の高嶺さんはひどいですよね。俺も、最初は最低な父親だと本気で思ってましたもん。だけど、それが人の心を動かす絵を創り出す画家、高嶺一志です」

「入谷が寛容で助かるよ」

「そりゃあ、創作中は困った人になるアーティストを何人も見てますから」

高嶺ほど徹底的に困らせてくれた人は他にいないが。

「でも、一度は結婚にこぎつけたんだから、元奥さまも理解していたんでは？」

「そうだったなあ……。彼女とは、お互いの仕事を尊重して一年近くつき合ってきた。俺にしたら最長記録だ」

高嶺は、わずかに苦い表情を浮かべ、指で前髪をかき上げた。

「うまく家庭を築いていけると思ったんだが……結婚してすぐ浩汰が生まれて、嚙み合わなくなってしまった」

浩汰が生まれた五年前というと、期待の若手だった高嶺が彗星《すいせい》のように第一線に躍り出た頃だ。描きたい世界は湧き水のように溢れ、引きも切らず依頼が舞い込んだ。まさに勢いに乗った上昇期。

同い年の元妻も、社会に出て新人期間を経て、責任ある仕事を任されるようになった頃である。元妻は産後の体調が戻るとすぐ仕事に復帰したのだが、キャリアを積むにつれ子育てを重荷に感じるようになっていった。

幼い子供はしょっちゅう熱を出す。歩き出したら目が離せない。外せない仕事があるのに、休むたび不利が重なっていく。夫は余裕のある時には家事育児もやるけれど、アトリエにこもるといないも同然の役立たずになり果てる。こっちは就業時間の決まった会社員で残業だってある。家事育児を忘れて仕事に打ち込みたいのに、自由業の夫の都合でいっさいを押しつけられるのは公平じゃない。

理解者だったはずの妻は苛立《いらだ》ちを募らせ、絵に没頭すると人の変わる高嶺に不満をぶつけるようになった。そのうちケンカが絶えなくなり、家庭よりも仕事を選んだ。

「お互い自分の仕事が優先で子育てを押しつけ合ってた。はてはロクな話し合いもしないで別れた。親失格だ」

入谷は、シャボン玉を吹いてはフェルメールと一緒に追いかける浩汰を見て、複雑な想いに額を曇らせた。

子供が原因で家庭を守りきれずに離婚するなんて、皮肉な話だ。

「奥さんは、ニューヨークで起業したんでしたっけ」

「ああ、二年前にアメリカ企業に引き抜かれて、それを機に離婚したんだ。実績が買われてパトロンがついて、独立してからは帰国する暇もないほど忙しく働いてる」

「親権を協議中なんですよね？　てことは、仕事優先のお母さんだけど浩汰くんに愛情はある。そこだけは救いかな」

「そうとも言えるが、渡さないよ」

「ですね。応援します」

　仕事のほうが大事で家庭から逃げ出したなんて、浩汰があまりにも不憫すぎる。それでも親権を争うていどに母の情があるのは、せめてもの救いだ。

「ニューヨークにいっちゃった元奥さんは知らないかもしれないけど、今は高嶺さん、ちゃんと子育てしてるし」

「反省したからな。浩汰のために心を入れ替えた。だがなあ……」

　高嶺は腕を組み、タープの天井を仰いで眉を下げた。

「俺は本来、気性の激しいクソガキだった。絵を描いてる時に邪魔されるのは昔から嫌いだったが、それに加えて無駄に正義感と理想が高くてケンカっ早い」

「熱い少年だったんですね。そこは納得できるけど、そんなにケンカしてたんですか」

「相手に怪我させることもしばしば。これではいかんと反省して、中学から十年ほど空手道場に通ったんだ。修行のおかげで感情の起伏をコントロールできるようにはなったものの、絵を描いてるとどうしても本性が出てしまうんだな」

　なるほどである。この温厚さとチンピラを撃退した時の静かな気迫は、精神修行のたまもの。アスリート選手のように引き締まった肉体も空手の成果だったのかと、広い肩に見入ってしまう。

「いくつになっても反省の連続だ。離婚するまでは家政婦とベビーシッターを雇ってたんだ。でも他人に子育てを任せるのはよくないと考えて、この二年間は大きな絵を引き受けずにひとりでなんとかやってきた」

「そうだったんですか。小品ばかりで惜しむ声が上がってたけど」

「ああ。小さいサイズならのめり込む期間も少ないし、浩汰を放置するほど我を忘れないからな。だが、最近になってストレスが溜まってきて、大きな絵を思いきり描きたい衝動に負けた」

「わかります。高嶺さんの持ち味は、ダイナミックな躍動感ですから」

入谷は、いちいち同感の合の手を入れて頷く。

「描きたいものは描ける時にしか描けない！　てな勢いで今回のセレモニー絵を引き受けたところが」

「あのザマ、なわけですね」

「浩汰が冷凍食品をひとりで食べようとしてたって入谷に聞いて、あの時は頭が反応しなかったが……、正気に戻って胸が痛んだ。温めかたを教えたことはないが、俺がやってるのを見て自分もできると思ったんだろうな」

「そうだったんですか。俺、事情も知らないで罵倒《ばとう》しちゃって」

「甘んじて受けるよ。これに懲りて、あと五、六年はちまちまと小品を描いていくさ」

高嶺が、自嘲《じちょう》気味なため息をこぼす。

「だめですよ。絵より浩汰くんのほうが大事なのは当然だけど、でも、だめです」

入谷は無意識に身を乗り出し、真剣な眼差しを高嶺に向けた。

「今しか描けない高嶺さんの感性を封印しちゃいけない」

小品と言っても、一辺が五十センチ以上ある十五号から二十号サイズだが、ダイナミックな持ち味を堪能《たんのう》できる大作を期待する声は多い。なにより、表現の才能を生まれ持った高嶺にとって、大きなカンヴァスに情感をぶつけていくことは、息をするのと同じくらい自然なはずなのだ。

「俺がついてます。別世界にいっちゃっても、俺が全力でサポートします。浩汰くんのことは任せて、二百号でも三百号でも思う存分描いてください」

言葉に力をこめ、我を忘れて訴えてしまう。

高嶺はわずかに瞠目して、目元に柔らかな笑みを浮かべた。手を伸ばすと、入谷の頬にそっと指先を触れさせた。

「励まされた。入谷がいてよかったと、今しみじみ思ったよ」

「おっ……っ」

声が裏返って言葉がつまり、頬がじわりと痺《しび》れて熱を発した。それが猛スピードで広がって、全身が火照った。

「お、俺は高嶺さんの友人で、画家高嶺の大ファンでもありますから」

熱を気づかれたら変に思われる。と思っても、とめられない。建て前を並べる口が蕩《とろ》けてしまいそうになる。

高嶺は手を下ろし、軽く前屈《まえかが》みになって入谷の顔を覗き込んだ。

赤くなってるのをじっくり見られた。気持ち悪がられたかも、と入谷は焦ったけど、そうではなかった。

高嶺が首を傾げてさらにじっと見つめる。

「どこかで会ったような気がするんだが……」

「えっっ」

前にも言われたけど、それは別世界の人だった時で、あの恥ずかしい出来事と一緒に忘れているはず。正気な顔で改めて言われて、一気に火照りが引いて冷や汗が滲んだ。

「あ、会ってないです」

言う口が、今度はわざとらしくカタコトになってしまった。

「そうか？　最近じゃなく、はっきり思い出せないくらいずっと前に」

「打ち合わせでお邪魔した時が初対面です」

頑として言い張る。

「俺が駆け出しの頃に取材したとかは？　数人の雑誌記者に囲まれてインタビューされた

ことが何度かあったから、そこにいたとか」

「高嶺さんが駆け出しの頃は、俺はまだ学生です」

「三歳下だったな」

「出版社に就職して最初の一年は営業で、そのあと美術と関係のない編集部を転々とさせられてたし、ミュージィに配属されたのは去年だし」

「う〜ん……なんというか、入谷に関する記憶のイメージがここまで出かかってるような気が」

　高嶺が、じれったそうに喉に手を当てる。

「そ……」

　それはたぶん、あれだ。『へたくそ』と呟いた時は、高嶺言うところの悪いクセが出ていたのだろうし、こっちの顔なんて見ていなかったから記憶にないと思う。喉まで出かかってるイメージは、絶対に思い出してほしくないあれ。

　男友達にキスされたとこを目撃されてしまった時のことだ。

　思い出されて嫌悪の目を向けられたくない。せっかく親しくなれたのに、あんな苦い想いをするのは二度と嫌だ。話題を変えたい。

「どこかですれ違ったとか」

「ないです」

「モヤモヤする」

しかし高嶺はあきらめるようすがなくて、額に人差し指をあて記憶を手繰ろうとする。

このさい同じ美大出身ということだけ言って終わらせようかと考えもするが、それがきっかけになって思い出さなくていいことを思い出されたらたまらない。

なにか他の話題——なにか他の話題——。

と探していると、浩汰がフェルメールを抱っこして戻ってきた。

「ふぇるめーるがうんこした」

報告する浩汰の手が、シャボン液まみれでべちょべちょだ。

話題を変えられなくて困っていたから、ちょうどいいところにきてくれて助かった。

「他の人が踏まないように、片づけなきゃね」

入谷はそそくさと立ち上がり、濡《ぬ》れタオルで浩汰の手を拭いてやる。

「よし、もうひと遊びして帰るか」

高嶺は鉛筆を置き、スケッチブックを閉じて伸びをした。

スポンジのついたキッズバットとゴムボールで野球をして、走り回って遊んだあとタープをたたみ、デイキャンプ用品を片づけて公園を出たのは五時すぎ。

子供と一緒になって汗をかいて遊んで、全身の細胞が活性化したような充実感が気持ちいい。しかし後部座席で浩汰の寝顔を見ていると、さすがに疲労が誘われてウトウトしてはハッと目を覚まし、高嶺の眠気を心配して話しかける。

そろそろ釣瓶《つるべ》落としを実感する季節で、帰宅の渋滞に引っかかって都内に入った頃にはとっぷり日が暮れていた。

「あ、そこです。その先の信号を左折」

入谷の説明に従って、高嶺は交差点で速度を落としてハンドルを切る。

夕飯はファミリーレストランで食べようということになったのだが、その前に。ちょこっと編集部に寄って片づけなきゃいけない雑務があるのだ。

社に隣接したパーキングに車を入れると、遊び疲れてぐっすり眠っていた浩汰が目を擦《こす》りながら起き出した。

「いりやくんのかいしゃ？」

「そうだよ。十分くらいで終わるから、待っててね」

車から降りると浩汰は寝ぼけ眼《まなこ》であたりを見回す。

「待つ間、ちょっと編集長に会っていきません？　きっと喜びますから」

「そうだな。せっかくだから挨拶していくか」

「こっち。うちは、ここの三階です」

親会社は辞典や学術書を専門とする老舗出版社で、入谷の所属する子会社は小さいながらも学生街の外れに五階建ての自社ビルを持ち、エンターテインメントに通じる部門などが入っている。

エントランスの照明はすでに半分落とされていて、フロントの受付係も帰ったあと。この時間はまだほとんどの編集者が残って仕事しているが、一階はフロント横の管理室に守衛がひとりいるだけだ。

ガラスドアを開けてエントランスに入ると、ちょうど開いたエレベーターから堀口が降りてきた。

「や、入谷くん。お疲れ」

入谷を見るといつもの親しげな声をかけ、隣に立つ高嶺から浩汰へ視線を移していく。

「今日は一日見かけないと思ったら、ずいぶんカジュアルだね」

「取材ですよ、取材の同行。こちら、高嶺一志先生です。高嶺さん、専務の堀口です」

初対面の高嶺と堀口を引き合わせると、堀口は入谷の背に腕を回し、抱くようにして隣に立った。

「これはどうも、高嶺先生でしたか」

意外そうな表情を浮かべた堀口は、高嶺を見上げながら背広の内ポケットから名刺を出し、儀礼的に頭を下げた。

「うちの入谷が、いつもお世話になってます。先生のことは、うちの入谷からよく聞いてますよ」

なぜか『うちの入谷』を強調して親密さをアピールする堀口に、高嶺は眉を寄せつつ口角を上げた。

「こちらこそ、彼にはなにかと助けられてます」

「それはもう、優秀な人材ですし、細やかで気が利きますからね」

「プライベートまで気を配ってくれて、いいパートナーに恵まれました」

「私にとっても、可愛い部下です」

「息子も入谷が大好きで、今では家族同然ですよ」

「あ、あの……？」

なんだかふたりしてほめてくれているようだけど、出版社側と寄稿者側の挨拶がどうしてそういう方向にいくのかわからず戸惑ってしまう。

会話が成り立っているようでいて、どこか噛み合っていないような。

「そういえば、息子さんの食事まで作っていたとか。おかげで、飲みに誘っても断られてしまって」

嫌味を含んで言う堀口が、入谷の肩にポンと手を置く。

「それは失礼。不甲斐ない私の世話までしてくれてた時ですね」

高嶺も、堀口と反対側の入谷の肩に手を置いた。

「仕事とはいえ、よそ様の台所に立つなんて、入谷くんも人がいいなあ」

「気心の知れた友人ですから。一緒に台所に立って料理するのも楽しいものです」

「いやあ、入谷くんとはもっぱら外で食事して飲むんですがね」

堀口は首をめいっぱい伸ばして胸を反らし、高嶺も十センチ上の目線から不敵に堀口を見おろす。

いったいなにを張り合っているんだか、口を挟む隙もなくて入谷は呆然としてしまう。

「あのねえ、いりやくんのごはんおいしいの。でも、きょうのおゆうはんはふぁみれすいくんだよ」

ごはんの話題になって、黙っていられなくなったのだろう。いきなり可愛い声が飛び入り参加してきて、高嶺を見上げていた堀口が一瞬ポカンとし、視線を下ろしていく。

無邪気な瞳と目が合うと、口のはしをヒクリと歪《ゆが》ませた。

「そ、そうかい。よかったね。それじゃっ」

堀口はバツの悪そうな顔で、スタスタとエントランスを出ていった。

ドアの向こうに消える後ろ姿を見送って、入谷は半ば呆れた声をこぼした。

「なんか……へんに挑発し合ってませんでした？」

浩汰がまざってくれたおかげで堀口が撤退したけれど、あれがなかったら延々まだ続いていただろう。原因は不明だが、エスカレートして険悪になったかもしれない。

「いや、すまん。なんというか、彼の態度を見てたら……信用ならないやつに家族を狙《ねら》われてる……みたいな気になって」

「なんですか、それ」

保護者の気分になってしまったということなのか、よくわからないけど堀口の言動に不快なものを感じたらしい。

エレベーターのボタンを押すと、一階でとまっていたドアがすぐに開いて乗り込む。

高嶺は浩汰を抱き上げ、入谷に向かって片目だけひょいと細めて見せた。

「あれでも、いちおう入谷の上司だ。俺も少しは無礼だったな」

「少しは、ですね」

言うだけで、たいして反省してないようすに、クスと笑ってしまう。

エレベーターを降りると、ちょうど編集長が休憩スペースの販売機でコーヒーを買っているところだった。

「こりゃ、高嶺先生！　うちの入谷がお世話になっとります」

入谷と連れ立った高嶺を見て、紙コップのコーヒーをこぼす勢いの大股《おおまた》でズンズン歩み寄ってくる。

「うちの編集長。吉本《よしもと》です」

「こちらこそ、入谷くんにはなにかと世話になって」

「いやいや、期待の目玉企画ですから、全力でやらさせていただきます！　今日の取材はいかがでしたか」

「おかげさまで、小さな自然を堪能してきました。息子と思いきり遊んで、スケッチもして、楽しませてもらいましたよ」

「次は旅行の予定をたててるとか」

「ええ、入谷くんに紅葉が見たいと言ったら快くＯＫしてもらえて」

「いいですなあ、紅葉。群馬あたり穴場がけっこうあってお奨《すす》めですよ」

「なるほど。観光地は避けて、ゆっくり見て歩きたい」

「スケッチにも絶好。一泊でも二泊でも、思う存分いってらっしゃい。いい旅エッセイを待ってます！」

堀口と同じ『うちの入谷』発言でも、やはりニュアンスが違う。そつのない挨拶から和気藹々《あいあい》とやりとりをかわし、全面バックアップを押し出す。

上司としてはこの流れが普通だよなあと、首を傾げる入谷だった。

高嶺との仕事は順調で、掲載スケジュール予告を発表すると、新連載エッセイにファンからの熱い期待が集まった。画壇関係者や一般ファンの評価はもとより、若くてハンサムで人の心を捉《とら》える絵を描く高嶺は、幅広い年代の女性にも絶大な人気なのだ。

本人の写真を載せたら通常の倍は売れるぞと編集長は要求するけど、高嶺がＮＧと言うのだから、皮算用分の売り上げはあきらめてもらうしかない。

「やあ、入谷くん。二週間ぶり」

夕方六時。社を出ようとエレベーターを待っていたら、堀口に声をかけられた。

「あれ……そうでした？」

「そうだよ。僕は先週から本社に出向してたんだ。その前はお互いバタバタしてて、しばらくまともに話もできなかったじゃない」

言われてみれば、忙しくて顔を合わせることはあっても立ちどまって話をすることのない日が続いた。堀口が本社に出向していたのは知らなかったが、確かに先週あたりから見かけなかったかもしれない。でも、そんなことは気にもとめなかった。

「こんな時間からまた外？」

「いえ、今日はもう帰ります。インタビュー取りにいったら、具合が悪いとかでキャンセルくらっちゃって。いっそデスクワークは明日に回してゆっくりしようかと」

入稿間際になると殺人的な忙しさで、終電ギリギリまで帰れないことも多い。月刊誌はこれが毎月のサイクルだから、休める時に休んでおかないと身がもたないのである。

「無駄足になっちゃったんだね、お疲れ。僕もこのあとフリーなんだ」

「そうですか。お疲れさまでした」

入谷は軽く頭を下げ、ちょうどドアの開いたエレベーターに乗ろうと踏み出す。

「ちょっと待った」

「はい？」

呼びとめられて、首を傾《かし》げる。目の前でドアが閉まって、エレベーターは階下に降りていった。

「お互いこんな早く帰れるなんて、めったにないことだよ。食事でもいかない？」

「これからですか」

「夜景を見ながら美味《おい》しい料理を食べて、軽く飲んで。ふたりでゆっくりしよう。仕事のストレスでも愚痴でも、なんでも聞くよ」

「そうですねえ」

「高嶺先生のほうは一段落したんだろう？」

「いちおう」

できれば、アパートに帰って風呂《ふろ》に浸《つ》かってゴロゴロしたいのだけど……。でも、前に誘われた時、高嶺の問題が一段落したらぜひ、と約束した。その高嶺は連載一回目の原稿を終え、今は次の依頼の絵を描くかたわら二回目の原稿にとりかかったところだ。

「カバンとってくるから、ここにいて」

即答できずに迷っていると、堀口は返事を待たずに踵《きびす》を返す。

入れ違いに、アルバイトの宮下が隣に立ってエレベーターのボタンを押した。

食事と言ったけれど、タクシーで連れてこられたのは高層ホテルのラウンジバー。

案内された窓際の席は眺めが極上で、ひしめくビルの灯《あか》りや街路灯、連なる車のテールランプが、遠くなるにつれ煌《きら》めく銀河のように彼方《かなた》の闇《やみ》へと続いていく。

アダルトなムードをかもす暗い照明は周囲の席をへだて、テーブルのキャンドルが語り合うふたりの顔を淡く照らす。

「ここの支配人がちょっとした知り合いでね、電話を入れたら一番いい席を用意してくれたんだ。夜景は最高だし、静かで落ち着く店だろ?」

「え、ええ。静かですね」

流れるBGMはピアノの生演奏。時おり囁《ささや》き合う忍び笑いが聞こえてきて、静かというより独特な雰囲気がある。

　仕事帰りに軽く飲んで食べて喋《しゃべ》ろう、というていどのつもりでいた入谷は、場違いな気がして落ち着かない。昼間なら一面の窓から陽光が屋内を満たし、まさにラウンジといった開放的な空間なのだろうが……、夜はこれでもかというくらい大人のムードを演出して見える。ただひとつ、ゆったりしたソファタイプの椅子《いす》だけは、昼夜を通して座り心地がいいけれど。

　まずはシャンパンで、コールドミートをつまみながら他愛《たわい》のない話をする。運ばれてきた料理は、海老《えび》のアヒージョとパエリア。食べて軽く飲むというのは逆で、品よく酒を楽しみながら軽く胃に入れるといった感じだ。

　以前はマイノリティ同士という心安さがあって、気がねせずどんなことでも話すことができた。

　だけど今は、喋っていてもなんだか楽しくない。ムーディな高級バーより、浩汰と三人でワイワイ食べるファミレスや、高嶺の手料理が懐かしい。

　足りなければなんでも注文していいよと堀口が勧めてくれたけど、お値段がかなりいいので、そんなにお腹は空いてないからと断った。

「仕事、調子よさそうだね」

　堀口がバーボンのグラスを傾け、乾杯の仕種《しぐさ》で言う。

「おかげさまで。今は連載を担当してるのは高嶺さ……高嶺先生だけだし、他の単発記事も滞りなくやれてます」

入谷は、お疲れさまの意でカクテルグラスの縁を軽く合わせて返した。

「まだ困った先生の子供の面倒見てるの？」

「必要な時はたまに。あ、でも、絵が終盤に入るとちょっと困った人になるけど、普段は違うんですよ」

「へえ？」

「小汚い変なおじさんだとか、前に言ったことは忘れてください。高嶺先生の名誉のためにも」

「君がそう言うなら」

バーボンを舐《な》めながら、堀口は訝《いぶか》しげに入谷の顔を窺《うかが》う。

「この前、社で高嶺先生と会ったでしょう」

「……普通の人だったね」

「そうなんです。絵が完成してきちんとした格好をしたらもう全然。大学時代は誰《だれ》でも羨《うらや》む完璧《かんぺき》な人だったのが、もう全然変わってなくて。女性ファンが多いのも納得な感じで、優しいし家事は万能だし子煩悩《こぼんのう》だし」

「ずいぶんとほめてる」

「ええ。頭もいいからこっちの要望をすぐ理解してくれて、前倒しでガンガン原稿を書いてくれてます。困った人どころか、すっごく仕事がやりやすいんです」

高嶺のこととなると、身を乗り出してほめ上げてしまう。

堀口は、苦々しい笑みを浮かべた。

「最近は時間があると彼のところにいっちゃうから、僕は寂しいよ。期待の新企画の担当だからしかたないけど、こうやってふたりで飲むどころか、休憩で顔を合わせる暇もない」

「あ……」

彼の言わんとしている意味が呑《の》み込めてきて、入谷は困惑してしまった。

堀口は、バーボンのお代わりを注文して、早いピッチで飲み干していく。

「自分の余暇を削ってまで高嶺親子に尽くして、なんのメリットがあるのかな？」

「好きでやってることです。浩汰くんは懐いてくれて可愛《かわい》いし、俺は高嶺さんの絵のファンなんで、仕事以外でもサポートできればと思うし」

つい、さんづけで言ってしまった入谷に、堀口の頰《ほお》がピクと歪《ゆが》んだ。

「無償の献身か」

堀口はまたバーボンをお代わりして、入谷にもなにか注文しろと勧める。なんとなく断れない雰囲気で、入谷はアルコール度の低い甘口カクテルを頼んだ。

「そんなに飲んで、大丈夫ですか？」

「久しぶりなんだから、君と思いきり楽しみたいじゃないか」

「明日は仕事だし……朝早いでしょう」

「まだ宵《よい》の口、つまらないことを気にするのは野暮ってものだろう」

堀口はグラスを置き、いつになく熱のこもった眼差《まなざ》しで入谷を見つめる。

「君が高嶺先生と仲良くしているのを見て、妬《や》けちゃったよ。あまりよく言ってなかったのを鵜《う》呑みにして安心してたから」

すねる口調で言って手を伸ばし、テーブルに置いた入谷の手に重ねた。

「飲みすぎても、ここはホテル」

入谷はとっさに邪険に振り払えず、硬直してしまった。

ここはホテルのラウンジバー。飲みすぎても泊まればいい。堀口は最初からそのつもりでいた。部屋に誘うつもりでこの店を選んだのだ。

前に飲みに誘われた時、一段落したらぜひ、と応じた自分を思い出して入谷の額に嫌な汗が滲《にじ》んだ。

あの時は最低な高嶺に失望して、いつまでも片想いやらトラウマやらを引きずってちゃいけないと、心が揺れた。いいかげん次のステップに進もうと、思わせぶりな態度を見せてしまった。

だから、色っぽい関係が成立したと受け取った堀口は、高嶺父子と仲良く連れ立つ入谷を見て嫉妬《しっと》に駆られた。小汚い変人だと聞いていた高嶺のようすが違っていて、焦るあまり依頼者側にあるまじき態度で高嶺に対抗心を燃やした。

浮かれてすっかり忘れていたけど、堀口にこんな強引なことをさせてしまったのは、自分の軽薄さ。

好きでもない人と交際してみようなんて、恋愛経験も駆け引きも知らない自分がやっていいことではなかったのだ。

高嶺と親しくなれた今は、それだけで満足していて恋愛志向の負い目を感じなくなっていた。このまま高嶺父子のそばにいられるのなら、もう恋愛なんかしなくていい。無理に性体験なんかしなくていいとさえ思う。

堀口はよく話を聞いてくれて、相談にも乗ってくれた。そんな関係でいるのはもう無理かもしれないが、遺恨を残さず普通の上司と部下に戻りたい。戻さなきゃいけない。

だけど、片想いでも幸せでいられるこの気持ちを理解してくれるだろうか。説明したところで、今までの微妙な関係を解消してもらえるだろうか。

とりあえず時期を待って、今は差し障りのない挨拶《あいさつ》をしてここから立ち去るか……。

困惑と緊張で、握られた手の甲がじっとり汗ばむ。

「あれ、堀口専務。入谷さん。偶然ですね」

堀口の手が、ギクリと跳ねて引っ込んだ。

「み、宮下？　なんで」

「ここ、俺もよく友人と飲みにくるんですよ。でも今夜はすっぽかされちゃって」

そう言う宮下は、バイトから直行したのだろう。ドレスコードのない店だけれど、夜のラウンジバーではちょっと浮いてしまう普段着だ。

「よかったら、座らない？　俺はそろそろ帰るから」

思いがけず宮下が現れたのは助かった。ちょうどいい偶然だ。

「堀口さん。これ、俺のぶんの支払い。足りなかったらあとで請求してください」

入谷は、おおよその金額をテーブルに置く。

「同席させてもらいますねー」

「宮下くん、遠慮し……。や、入谷くん、気遣い無用だよ。僕が出すから、てか、まだこれから……っ」

宮下が座ると、テーブルがガンと音をたてて揺れた。

「いてっ」

「あ、すいません。踏んじゃった」

座った拍子に宮下がうっかり堀口の足を踏んだらしい。

「それじゃ、ごゆっくり」

入谷はドサクサにまぎれて立ち上がり、あえて振り返らず小走りでラウンジバーをあとにした。

いたたまれなくて逃げたけど、いずれなんとかしないといけない。

三角関係でもないのに、なんだか複雑。堀口とは恋愛に至ってもないのに、へたしたら修羅場でも起きそうな様相。自分がまいた種とはいえ、スキル不足でどうしたらいいのかわからず、憂鬱《ゆううつ》な気分に陥ってしまう。

「高嶺さんに会いたいなぁ」

都心の灯りをぼんやり映す夜の雲を見上げ、憚《はばか》らない独り言をこぼす。

打ち合わせにかこつけて先週会ったばかりだけど、毎日でも顔が見たい。こんな時間にいっても浩汰は寝てるし、高嶺だって迷惑だろう。でも……。

入谷は、高嶺宅の鍵《かぎ》のついたキーケースをジャラと鳴らした。

浩汰の送り迎えをしていた時に借りたものだ。必要なくなって返そうとしたら、このまま持っていてくれと言われた。『入谷が信用できるのは立証済みだから、いつでも好きな時にきて勝手に上がってかまわない』と言ってくれた。

今度はビジネスバッグを目の前に掲げ、それをじっと見てゆっくり下ろす。

取材旅行に編集長が協力的で、群馬の紅葉の穴場を何か所か教えてくれた。観光地から外れていて、人の少ない自然豊かなスポット。それをコピーして、次に会った時に渡そうとバッグに入れておいたのだ。

高嶺はきっとアトリエだろうから、黙ってこれを置いて帰ればいい。会わなくても、彼のいる空間に少しだけいさせてもらって、この憂鬱な気分を晴らしたい。

そんなことを考え、足が自然と高嶺の家に向かう電車に乗る。

夜の住宅街はいっそう静かで、自分の靴音だけが耳に響いて知らず忍び足になる。門の前に立ち、ドアフォンを押そうか指が迷い、思いきって鍵を取り出した。

すでに勝手知ったる高嶺宅。リビングもキッチンもきれいに片づいていて、自分の出番はないかと思うとちょっと寂しい。

ビジネスバッグからコピーの入ったA四封筒を出し、ダイニングテーブルに置く。ひと言メモを書き残しておこうとペンを手にしたところで、アトリエのドアが開いて高嶺が出てきた。

髪はきちんとしていて、トレーナーとコットンパンツという服装もまだきれいだ。

「遅くにお邪魔してすみません。これだけ置いてすぐ帰るつもりで」

「いや、ちょうどコーヒーを飲もうと思ったところだ」

「俺が淹《い》れますから、休憩しててください」

入谷はいそいそとケトルを火にかけ、カップにドリップペーパーをセットし、ミルでひとり分の豆を挽《ひ》く。

その後ろで、高嶺がゆっくりした動作でコピーを手に取る。

「編集長オススメの紅葉スポットです。そろそろ予約してプランを立てないと」

「……そうだな」

返事の間がわずかに空いたのは、意識や感覚が創作の世界と現実の間を浮遊しているからだろう。

「絵のほうは、どんな具合です？　そろそろ、浩汰くんの送り迎えしましょうか」

「今回は三十号だから、大丈夫。少しはボーっとするが、時間は忘れない」

言う表情が夢の中にいるかのようで、ほんわり笑う。入谷もつられて、口元がほんわり微笑《ほほえ》んだ。

三十号といったら、縦が一メートル近くある。高嶺にとって大判ではないにしても、けっこうなサイズだ。題材や画法にもよるだろうが、感情の起伏を投影する高嶺のようなタイプは、かなり精神力を削られるだろう。

「来週あたりから、またしばらく通います。取材旅行、楽しみにしてるんで。予定がずれ込まないためにも、心置きなく没頭してください」

「ああ、紅葉……楽しみだな」

「はい、コーヒー」

入谷は、淹れたてコーヒーのカップを手渡す。受け取った高嶺が、首筋に鼻先を寄せてきてスンと匂《にお》いを嗅《か》いだ。

「飲んでるのか」

「あっ、す、すいません。シャンパンとカクテルを少し」

入谷は慌てて口元を両手で覆い、スススと高嶺から離れた。

「……堀口？　彼とよく飲みにいくのか？」

「え、はい。まあ……わりと」

高嶺が、眉間《みけん》にしわを刻んだ。入谷はギクリとして、ビジネスバッグを抱えた。

「く、臭くてごめんなさい。じゃ、帰ります」

失敗だった。不愉快な思いをさせてしまった。高嶺は仕事中なのに、飲んだ帰りに寄るなんて配慮が足りなかった。

入谷は急いで外に出ると、酒臭い息を入れ替えたくてスーハーと大きな深呼吸をくり返した。

でも、高嶺の顔が見られてよかった。これで、堀口へのしっかりした気持ちが持てる。できるだけ早く、恋愛感情がないことと、尊敬する上司だと思っていることを伝えてわかってもらおう。

そう考えた次には――楽しみな旅行の計画で頭の中がいっぱいになった。

「堀口さん」

書類を抱えてオフィスに入ろうとする堀口を見かけて、呼びとめた。

いつもは堀口のほうが目ざとく声をかけてくるのだが、きちんと話さなければいけない決心があるので、今日は逆だ。

「一休みしたらこの書類を片づける予定なんだけど、中で一緒に休憩しない？」

「それは……ちょっと」

「今は誰もいないから、遠慮しないで」

「いや、だけど」

堀口のオフィスは社長と常務が机を並べているのだ。今いなくても、真剣な話をしている時に戻ってきたら気まずい。でもそれ以前に、社内の空き時間に話すような内容ではないかもしれないと思いなおした。

帰りにカフェにでも寄るか……、でもこちらから誘って期待させてしまったらよけい切り出しづらくなる。段取りも考えず勢いで呼びとめたのは、よくなかった。

どうしたらいいか迷っていると、堀口がドアを開けて中に促す。

「やっぱり、またの機会に」

辞退すると、堀口は「ああ」と気づいた顔で頷《うなず》いた。

「この間は邪魔が入っちゃったからね、仕切りなおそう。けど、いきなりホテルは早かったかな」

「そのことなんですけど」

「とにかく、どうぞ。コーヒーでも飲みながらどこにいくかきめよう」

「申し訳ないけど、俺は」

密室でふたりきりになんかなったら、改まってしまってなにも言えなくなりそうだ。もういっそここで概要だけでも伝えてしまおう。と思ったら、堀口がハッと顔を上げて口元を引きつらせた。

その視線が、入谷の後ろから横へと移動していく。

「どーもー」

通りすがりの宮下だ。

「あ、よく会うね」

思わずそう言ったけれど、勤務中の社内で会うのはあたりまえ。しかし、このビルの五階は役職者のオフィスと会議室のフロア。バイトの宮下の仕事はないはずだが、いったいなぜここにいるのだろうか。

通りすぎた宮下が足をとめ、肩越しにクルリと振り向く。

「し、仕事しなきゃ。お互い忙しいね。続きはまた今度。それじゃ」

堀口はワタワタとオフィスに入っていった。

廊下に取り残された入谷は、ポカンとして首を傾げた。バーで宮下が同席した時もそうだったけど、こんな堀口の挙動も不可解だ。

三階の編集部に戻ると、編集長が手を挙げて招く。なにかと思えば。

「旅館は取れたか？」

取材旅行の宿の心配である。

「余裕で予約できました」

「隠れた穴場だし平日だし、満室にはならないだろうからゆっくりできるぞ。小さい宿だが料理は絶品。高嶺先生の希望にぴったりだ」

編集長が推奨する旅館は、何度か宿泊してお気に入りなのだという。人気画家である高嶺の初エッセイは予告の段階から好評で、売り上げアップを期待する編集長は取材に全面協力してくれる。はては自分も同行すると言い出しそうなくらいご機嫌だ。

「これから報告がてら、ダウンロードした旅館案内と観光ガイドを持って先生のお宅にいってきます」

「例の話も、打診するの忘れずにな」

「はい。ＯＫもらえるように頑張ります」

というのは、前評判から売れると判断した営業部の提案で、連載期間を延ばして書き下ろしを加えたエッセイ本を出そうという企画が出ているのである。

連載が終わってしまったら、浩汰の世話をするのは完全プライベートになるので、勤務時間中は使えなくなってしまう。受けてもらえれば、滞りなく原稿を書いてもらうためにサポートに通う期間も伸びる。仕事という口実があるかぎり、いつでも堂々と会いにいけるし、一緒に取材に出かけたりもできるのだ。

無理はさせません。さらなるサポートに尽力します。動機は邪《よこし》まだけど、ぜひとも受けてほしい。

入谷は弾む期待を胸に、気合を入れて高嶺宅に赴《おもむ》いた。

時間は夕方の五時半すぎ。浩汰はもう保育園から帰って、高嶺が夕飯のしたくをしている頃だ。

いちおうドアフォンを押し、鍵を使ってドアを開ける。聞きつけた浩汰が走って出迎えて、いつものように玄関で飛びついてくれた。

「久しぶり。浩汰くんにずっと会えなくて寂しかったよ」

とは言っても、前回の訪問からまだ一週間だが。

「まいにちあそびにくればいいのに」

「お仕事があるからなあ」

リビングに上がると、胴長短足のフェルメールが入谷を見てぴょこぴょこと走り寄ってきた。

「フェルメール。相変わらず元気にちょこまかしてるね」

顔を憶《おぼ》えてくれたのかは謎《なぞ》だが、この警戒心のない人懐こさに愛着を感じるようになってきた入谷だ。

「あれ？」

キッチンに立っているであろう高嶺に挨拶をしようと思ったら、姿が見えなくてグルリと室内を見渡した。

「お父さんは？」

「アトリエ」

「今日は保育園、いった？」

「うん、いった」

キッチンを覗《のぞ》いてみると、炊飯器のご飯だけが炊き上がっていて、おかずはまだ下ごしらえのまま。

ということは、保育園の送り迎えはいつもどおり。帰って夕飯のしたくをしようとしたところでなにか閃《ひらめ》くものがあって、中断してアトリエに入ったのだろう。

家事育児はまだ支障なくやっているようだが、そろそろ没頭する時間が増えてきているのだ。

メニューはなにかと見てみると——調味料に漬け込んだチキンと、つけ合わせになるのであろう野菜が置いてある。

チキンを焼いて野菜を炒《いた》めるだけならできる。入谷は高嶺の邪魔をしないよう、調理の続きに取りかかった。

何度か手伝ったことのある高嶺の手順を思い出しながら、チキンをグリルに入れ、野菜を切る。焼け具合を見ながら途中で引っくり返し、人参《にんじん》とじゃがいものソテー、キャベツとコーンをバターで炒め、冷蔵庫からスープストックを出して鍋《なべ》に入れて仕上げる。

チキンはちょっと焼き色がつきすぎて、キャベツも水分が出てくったりしてしまったけれど、味は悪くない。

「さて、できた。フェルメールをケージに入れて、手を洗っておいで」

カウンター越しに声をかけると、リビングで遊んでいた浩汰が振り返り、固い表情で俯《うつむ》いた。

「どうしたの？」

いつもならいいお返事をしてすっ飛んでくるのに、ようすがおかしい。俯いたまま、入谷を見ようとしない。

まさか具合でも悪いのかと心配して駆け寄ると、ふいと横を向いてしまう。

「ご飯、食べたくないの？」

浩汰は黙って首を横に振る。

ついさっきまで元気で、フェルメールと遊びながら笑い声をたてていた。だけど子供は急に熱を出したりぐったりすると聞く。

「どこか調子悪いのかな」

おでこに掌《てのひら》をあててみたけど、平熱のようだ。

「お腹とか、痛い？」

浩汰は顔を上げず、小さくまた首を横に振った。

顔色はいいし、だるそうだったり苦しそうなふうでもない。でも涙をこらえるような表情で、きつく唇を嚙《か》む。

「……保育園で、なにか嫌なことあった？」

もしやと思って訊《き》いてみると、浩汰が頷きとも取れるようすでさらに深く俯いた。

どうやら当たりだ。

「ケンカ？」

浩汰は貝のように口をつぐむ。

正義感の強い浩汰は、ケンカをしても本人なりの理由があるはず。賢い子だから、手を出したことを反省してごめんなさいしても、決して己の正義は曲げない。それがこんなに引きずって黙り込むなんて、よほどのことだ。

「ね、なにがあったの？　教えてくれないと、心配になっちゃうよ」

言いながら優しく頭を撫《な》でてやると、浩汰は視線だけを上げて入谷に目を向けた。その瞳《ひとみ》が、うるうると潤む。

「入谷くんは、なにがあっても浩汰くんの味方だよ」

励ましてやると、浩汰が強張《こわば》る口をやっと開いた。

「けいちゃんが……」

「うん」

聞き覚えがある。確か、同じひばり組さんのちょっとおませな感じの女の子だ。

「よそのおとこのひとがごはんつくるの、へんだって……いった」

「え……」

「おりょうりはおかあさんのおしごとなのにって」

「そ、それは……」

普通はそうだけど、家庭にはそれぞれ事情がある。

「いりやくんは、おかあさんじゃないから……。いりやくんのごはん、たべない」

振り絞るようにして言う浩汰の語尾が震える。その瞳に、涙がじわりと溢《あふ》れた。

入谷は、言葉を失ってしまった。

女の子相手に手を出したりしないだろうけど、口ゲンカみたいな言い合いにはなったのだと思う。争い反発しながらも、入谷がご飯を作る意味に微《かす》かな疑問が芽生え、そしてたぶん、母の存在がないことを思い知らされてしまったのだ。

いくらしっかりしていても、まだ五歳になったばかりの子供。小さな世界でたくさんのことを学んでいく。時には、こんなふうに理不尽にぶつかって簡単に傷ついてしまう。

入谷は浩汰を抱き締め、背中をトントンしながら頭をグリグリ撫でた。

「けいちゃんのおうちは、そうだけど。でも浩汰くんのお母さんは、バリバリお仕事して忙しいでしょ。すごく偉いお母さんだよ」

入谷の腕の中で、浩汰がぐすんとベソをかく。

二年前に離婚して、ニューヨークで起業した元奥さんは帰国する暇もないと高嶺が言っていたから、浩汰は丸一年も母親と会っていない。

離婚の原因は、創作に没頭するとアトリエにこもってろくに会話もしなくなってしまう芸術家肌の高嶺と、家庭や子供より仕事を優先したい妻との深い溝。補い合うことのできない夫婦がうまくいくはずない。そうしてしわ寄せがくるのは、子供。それでも、どんな母親でも浩汰にとっては恋しいお母さんなのだ。

「あのね、入谷くんは、浩汰くんが大好き。もりもり食べて、元気に遊んでどんどん大きくなってほしいと思ってる。だから、お母さんのかわりにご飯を作るんだよ」

まだ幼いのに、傷つかないでほしい。お母さんの愛情はちゃんとあるのだと、知っていてほしい。

「浩汰くんがご飯食べないと、ニューヨークのお母さん心配するでしょ」

心をこめて言い聞かせると、強張っていた浩汰の肩が緩んだ。

「ぼくも……いりやくんがだいすき。ごはんたべるから、きらいにならないで」

小さな手が、ソロリと抱き返してくれる。

腕の中の体温が愛《いと》しくて、入谷の目元もじわりと涙が潤んだ。

「嫌いになんか、ならないよ。お仕事を頑張るお父さんとお母さんは、偉い人だよ。一生懸命に協力してる浩汰くんも、すごく偉い。だから、入谷くんは浩汰くんを全力で応援する！　ふたりで一緒に、お父さんに協力しよう」

力強く言ってやると、浩汰の気配が朗らかな輝きを放った。

「うん！　いりやくんと、いっしょだね」

もう独りじゃない。独りで頑張らせたりしないからと、入谷は気持ちをこめて浩汰の涙を拭《ぬぐ》ってやる。

手のかからない良い子だと思っていたけど、本当はそうじゃなかった。わがままを言わないのは我慢しているだけ。仕事が忙しい父親に嫌われないように、自分でできることは自分でやろうと健気《けなげ》に頑張っているのだ。

浩汰の寂しさに気づいて、今さらながらに胸が切なくなる。わがままも含めて、子供らしい本当の気持ちをたくさん聞いてあげたい。親権を協議中だそうだけど、できることなら近くで浩汰の成長を見守っていきたい。これからもずっと高嶺のそばにいて、絵に没頭する彼を補う友人でありたいと思う。

そのためなら、どんな協力も惜しまない。

「あ、おとうさん」

浩汰の声で我に返って振り返ると、アトリエのドアを開けて高嶺が立っていた。

「ごはん、できたよ」

いつからそこで見ていたのだろうか。口にできない心の奥まで見られたようで、気恥ずかしくなってしまう。

「そこそこうまくできました。一緒に食べます？」

瞬《まばた》きで涙を散らしながら笑みを作ると、高嶺はじっと入谷の顔を見つめる。

「いや、いろいろ……すまない」

夕飯のしたくのことだろうか。それとも、今の浩汰とのことだろうか。高嶺はふいと視線を逸《そ》らすと、アトリエのドアを閉じた。

「やっぱり、まだお仕事だって」

入谷は肩を竦《すく》め、浩汰と顔を見合わせる。

「しょーがないね。いりやくんとふたりで、じゃましないきょうりょく。ねっ」

ご機嫌のなおった浩汰が、頼もしい声を上げた。

テーブルに着くと、チキンが美味しいと言って元気にパクつく。そりゃ、高嶺ブレンドの調味料に漬けたのを焼いただけだから、美味しくないわけがない。

入谷もおかずを少し分けてもらって一緒に夕飯をすませ、おもちゃでひと遊びして次はお風呂。それから歯磨きしてベッドにGOだ。

絵本を読んでやると、めでたしめでたしの直前でスヤスヤ寝息をたてはじめるのは、いつものこと。

健やかな顔を眺めながらそっと絵本を閉じる時、平和な一日の終わりを感じる安らかな瞬間――なのだが。

ふと気配を感じて目を開けると、すぐ近くに高嶺の顔があって驚いた。

「た、高嶺さん？　あれ？」

なにがどうしたのか把握できなくて、浩汰のベッドで半身を起こしてキョロリと室内を見回す。胸の上に乗っていた絵本がバサリと音をたてて床に落ちた。

「あ……俺、寝ちゃってた」

浩汰の隣に寝転がって絵本を読んでいるうちに、一緒になって眠りこけてしまっていたらしい。いつからそうしていたのか、高嶺はいつの間にかベッド脇《わき》に座り込み、なぜだか入谷の寝顔を見つめていたのだ。

「泊まっていけば？」

いきなり囁き声で言われて、口から心臓が飛び出しそうになった。

思わず手で口を塞《ふさ》いで、呼吸を整える。囁かれたわけじゃない、浩汰が眠っているから声を潜めただけだと、自分に言い聞かせて気を落ち着かせる。

高嶺の目は、じっと入谷を見つめたまま。またゆっくりと口を開く。

「社に戻るのか」

「いいえ、今日は直帰で……アパートに帰ったら一時間くらい仕事してバッタリ寝ます」

「なら、泊まっていけ」

今度は命令調。しかも難しい表情で眉間にしわを刻み、瞳の焦点がどこにあるのか少し怪しいようすだ。

意識が半分創作の世界に翔《と》んでいて、感情の赴くまま記憶に残らない言葉を発している状態なのかもしれない。

「お申し出はありがたいですけど、自宅のパソコンに入ってるデータを使わなきゃならないから」

丁重に辞退して、そっとベッドを降りて子供部屋を出ると、階段からダイニングキッチンまで高嶺が背後霊みたいにぴったりついてくる。

「お夕飯、食べます？」

「いや」

「じゃあ、コーヒーでも」

高嶺はわずかに頷いて、ダイニングチェアに腰かけた。

「あ、そうだ」

入谷はケトルを火にかけ、リビングのソファに置いたバッグから旅館案内と観光ガイドを出してキッチンに戻り、高嶺の前に置いた。

「旅館の予約、取れてるんで。余裕のある時にでも目を通してみて」

「ああ……」

終盤ですでに佳境に入っているのか、めっきり口数が少ない。しかし、どことなく集中できないようすで眉間にしわを刻み、動作には微かな苛立《いらだ》ちが見えるような気がする。

「仕事の話なんですけど、連載期間を延ばして書き下ろしを加えたエッセイ本を発刊するのはどうでしょう。高嶺さんと長く仕事できたら俺も嬉《うれ》しいし、できればぜひ」

「嬉しいのか」

「ええ、もちろん」

「……俺も、嬉しい」

その返答は、依頼を受けてくれたと考えていいのかあいまいだ。それにしても、意思疎通はできてるし、言葉のやりとりも外れてはいない。でも意識の一部が別のことを考えているようで、なんだかチグハグだ。

「そろそろ浩汰くんの送り迎えしましょうか」

「入谷も大変だろう」

「俺は大丈夫。大作なら数か月ごとに何日かのペースだし、編集長も便宜をはかってくれてるし。それに、ここにきて浩汰くんの世話をしてると気持ちが元気になるんです」

「……そうか」

「あと、役得っていうのもありますよ。一番に新作を見せてもらうのを楽しみにしてますから。だから俺の心配まではしないで、なにも考えずに絵に没頭してください」

淹れたてのコーヒーをテーブルに置くと、高嶺はカップを手に取りフウと吹く。

「堀口と……ふたりきりで会うのか？」

「え」

脈絡なく話題が変わって、ドキリとした。

入谷の返事を待たず、高嶺がボソリと言葉を漏らす。

「いっそ、ここに住まないか」

入谷の頬に朱が浮いて、すぐに引いた。

一瞬喜んだものの、高嶺の眉間にさらに深いしわが刻まれているのだ。

その表情に複雑な引っかかりがあるようで、真面目《まじめ》に受け取っていいのか、笑って流すべきか、戸惑《とまど》う。通う労力を気遣ってくれているのだろうけど、意識が半分浮遊しているがゆえの記憶に残らない思いつきなのか、判別できなくて答えようとする口が強張ってしまう。

前に『堀口とよく飲みにいくのか』と訊かれた時は、酒臭さが不快感を持たせてしまったのだと反省したけれど……。今も『ふたりきりで会うのか』と訊かれ、そして『泊まっていけ』から、脈絡なく『ここに住まないか』といきなり呟《つぶや》く、とりとめのない言葉。そのいずれも、難しい表情で眉間を寄せている。

単発的な発言にも思えるけど、たぶんそれらは高嶺の中でひとつの線に繋《つな》がっているのだと思う。だけど、その線がどこからきてどこに繋がっていくのかが、わからない。

高嶺の感情の動きが読めない。言葉の真意を察することができない。

嬉しいことを言ってもらえたというのに、どこか得体の知れない不安を感じてしまう入谷だった。

「おーい、入谷。連載の件、返事はどうなった」

編集長が、デスクの間をドカドカとぬって催促してくる。

入谷はパソコンのデータ入力の手をとめ、椅子を半回転させた。

「まだですけど、たぶん大丈夫だと思います」

「たぶん？　思います？　はっきりきっぱりＯＫもらってこないとダメだろ」

「あ〜、はい。高嶺先生、今また絵の世界に没頭しはじめて、ちょっと会話がしにくくなってるんで」

俺も嬉しいというあいまいな返答のあと、その続きはうやむやのままなのである。

「前評判が上々で、二匹目のどじょうを狙《ねら》うやつらが湧《わ》いてきてるんだ。他社に持ってかれないように、しっかりスケジュール押さえておけ」

「任せてください。来週は群馬ですから、それまでに先生も正常に戻るはず。そしたら即行ＯＫもらってきます」

「頑張れよ。我が誌の運命は、おまえの肩にかかってるんだからな！」

編集長は大げさに言って、入谷の背中を叩《たた》いた。

元から購買層の限られるアート雑誌は、芸能誌やファッション誌のような派手なネタもなく、それでも編集部員はコアからライトまでの幅広いファンに向けた情報を探して奔走している。それが、たまに当たりが出るとあらゆるジャンルの雑誌が後追い記事を狙い、ヘタしたらネタ元を持っていかれてお株を奪われかねない。

だから、売れるコーナーを産み出せる作家は信頼関係を築いてがっちり捕まえておく必要がある、というのが編集長の持論。

編集長からしたら、入谷の高嶺家通いはそのための絶好の材料であり、全面支援する価値のある献身なのである。

楽しみな取材旅行を一週間後に控えて、気分が浮き立つ入谷だ。

高嶺の運転で山道をドライブして、途中の名所や隠れた景勝に立ち寄り、山の幸を食べて温泉に入って——。外出慣れしているフェルメールも旅館に許可をもらっていて、三人と一匹の一泊旅行。

今回は大丈夫だと言っていた高嶺は最低限の家事をこなしてはいるけれど、集中してもらうために三日前からサポートに入った。

子供とフェレットを連れた旅行で準備も多いだろうから、かかってもあと四、五日ていどで絵を完成させてくれるだろう。

と、期待していたのだが……。

浩汰を保育園に迎えにいって帰ると、高嶺がリビングのテラス窓の前に立ってぼんやり庭を眺めていた。

「休憩ですか？」

声をかけると、振り向いた高嶺は眉間を寄せて穴が開きそうなほどじっと入谷の顔を見つめる。

入谷は、訝しげに首を傾げた。

なんだか、おかしい。人が変わるのは理解しているつもりだが、これは創作の世界に翔んでるだけじゃないように思える。

前のセレモニー絵の時は、没頭している間ほとんどアトリエから出てこなかった。それがここ最近、確実にラストスパートに入っているはずなのに、集中できないようすで頻繁にアトリエから出てきてはすぐに戻る。そのたびになにか言いたげな表情で入谷をじっと見つめ、押し黙ったまま眉間のしわを深くしていく。そして今日は、なぜが表情に微妙な険が含まれているのだ。

「コ……コーヒー、淹れます？」

オドオドしながらも訊いてみると、高嶺はなにも聞こえなかったかのようなそぶりでアトリエに戻っていった。

これまでは、反応は薄くともボソとしたひと言を返してきていた。口を開かなくてもイエスかノーか察するていどのリアクションらしき動作があった。

それなのに、見つめてくるくせにまるで避けるかのような態度でふいと目を逸らす。心当たりはないけれど、なにか気に障ることでもしただろうかと心配になってしまう。

このようすだと最悪の場合、予定どおり絵が完成しないで旅行が中止になるんじゃないだろうかと危惧《きぐ》しながらも、気を取りなおして夕飯のしたくをはじめた。

作るものは、以前とほぼ同じ。チャーハンやら野菜炒めやらといった乏しいレパートリーの一巡ではあるけど、子供向けに覚えたレシピもいくつか加わって、腕も少しは上達したと思う。

本日のメニューは、サーモンのムニエル、目玉焼きと温野菜添え。そして豆腐とワカメの味噌《みそ》汁。ムニエルと言えば洒落《しゃれ》てるけど、切り身に塩コショウして小麦粉をまぶして焼くだけ。温野菜もブロッコリと人参を茹《ゆ》でただけ。時短、簡単だ。

浩汰はお箸《はし》をじょうずに使って、いつものように完食。寝支度をしてベッドに入ると楽しみな旅行の持ち物などをふたりで指を折って言い上げて、絵本を読んでやると数ページでぐっすり眠りついた。

よく食べ、よく遊び、よく眠る。父親似の浩汰は、高嶺に劣らない長身の美男子に育つことだろう。

家の中はまだきれいだが、よく目を凝らせばところどころに小さなゴミが落ちているのが見える。浩汰の世話以外はだいぶ手を抜いているらしい。とりあえずドライモップだけさっとかけて、土日は掃除と洗濯もしてやろうと考える。

キッチンではまだ食洗器が高温乾燥中で、洗い上がった食器は明日片づければいい。テーブルの食べこぼしを拭《ふ》いて、塩、コショウ、オリーブオイルの小瓶など、テーブル調味料のトレイに戻していく。

それから、シンクに浸け置きしていたフライパンと鍋を磨いて棚に収納し、調理台に飛び散った油と水を拭き上げたら終了だ。

あとは帰るだけ、と布巾類を広げているとアトリエのドアが音をたてて開いた。

高嶺が出てきたのだが、なぜかジャケットを着た外出時の服装だ。

「お出かけですか？」

訊くと、高嶺は不機嫌なようすで目をすがめる。

「買い物だったら、俺がいってきますけど」

「いい。買い物じゃない」

どこか苛立つもの言いで、険しく眉根《まゆね》を寄せる。いつになく荒《すさ》んで見えて、入谷は身を竦めてしまう。

「で、でも、こんな時間にどこへ」

「ストレスが溜《た》まって仕事にならない。女と遊んでくる」

「お……女？」

入谷は一瞬耳を疑って、思わず聞き返してしまった。聞き間違いであってほしいと胸の中で祈った。けれど、『女』と言ったのは確かだ。

つまりそれは、セフレのこと。気軽な遊び相手くらい、いるだろうと思ってはいた。欲求を解消する女友達のひとりやふたりいても不思議ではないと、わかってはいた。

だけど、嫌だ。

女を抱きにいく彼の後ろ姿なんか見たくない。プライベートを干渉できる立場じゃないのは承知してるけど、引きとめたい感情が抑えきれない。

「絵……絵の納期は近いし、来週は取材旅行だから……夜遊びはしないほうが」

懸命に取り繕い、うろたえる声をこらえる。

「発散したいなら、俺が」

言ってしまって、慌てて口を閉じた。

高嶺の表情がますます険を深くし、立ち竦む入谷に歩み寄る。手を伸ばすと乱暴に顎《あご》をつかみ、顔を上げさせた。

鋭い瞳が、怯《おび》える入谷の視線を捉えた。

「入谷を見て、なぜ欲情したかわかった」

「え……っ」

「どうして嘘《うそ》でごまかした」

「う、嘘なんて」

「何度もすれ違っただろう。大学で」

低く言われて、入谷は凍りついた。血の気が引いて、自分の顔が青ざめていくのがわかった。

「物欲しそうに俺を見てたくせに、男とキスしてたな」

打ち合わせの最初の日の、押し倒したあれを高嶺は憶えていた。そして、一番思い出してほしくないことまで思い出されてしまった。しかも、最悪の形で。

「俺の性欲を発散する？　おまえが？」

「そ……それは……」

失言だった。嘘をついたのも、取り返しのつかない間違いだった。だけど、釈明したくても理解してもらえる言葉が出てこない。唇が震えて、声さえもうまく発せられない。高嶺の怒りに気圧《けお》されて、逃げ出したい足が後退《あとずさ》っていく。

「好きでもない男とやれるのか？」

追いつめられて、ダイニングテーブルに腰がぶつかった。

「仕事のためなら愛がなくても感じるのか」

高嶺は荒々しく入谷の肩をつかみ、反転させるとテーブルに上半身を押しつけた。

「あ……っ！」

ズボンがずり下ろされて、ワイシャツの裾《すそ》をまくり上げられる。

「や、待っ……あ」

背中にのしかかった高嶺の手が、入谷の前に回ってそれを握った。

「あの時も、ズボンの上から触っただけで勃《た》ってたな」

柔らかな先端がピリリとした刺激を感じて、脈を打ちながら膨らんでいく。しだいに芯《しん》を通していく屹立《きつりつ》を扱《しご》かれて、意思とは裏腹に鈴口が淫《みだ》らな露を吐き出しはじめていた。

「最後までイケるか、試してやろう」

高嶺はオリーブオイルの小瓶に手を伸ばす。

うつ伏せた背中を片手で押さえ込まれて、むき出しの尻《しり》の割れ目を冷たい感触がトロリと流れた。

「ひ……ぅ」

指先が閉じた窪《くぼ》みを探り、強引に中へと挿《さ》し入れられる。ヌルつくオイルをまとい、広げながら数回の抽送《ちゅうそう》をくり返す。おもむろに引き抜くと、すぐに固く滾《たぎ》るものが押し当てられた。

「やぁ……あっ」

高嶺の先端が、無理やり窪みをこじ開けた。無垢《むく》な局部が引きつれて、無意識にそれを押し出そうと強張った。

「慣れてるんだろ。力を抜け」

「ちが……う……ない」

慣れてなんかない。キスだって、大学時代のおふざけが最初で最後だ。

「つ……っ」

熱塊が内壁を割り入って、最奥に向け蹂躙《じゅうりん》を進める。

嘘をついたことを謝らせてほしい。仕事のために子供の世話をしてセックスまで平気でできるなんて、思ってほしくない。誤解だと訴えたいのに、重量に内臓まで押し上げられるようで呼吸するのがやっとだ。

「入ったぞ」

耳元に声を落とされて、入谷の全身がゾクリと粟立《あわだ》つ。

入谷の中に男根を全て収めると、大きく引いていきなりストロークをくり出した。

「あっ、ああっ」

奥を何度も叩きつけられて、往復する痛みに悲鳴にも似た声が漏れてしまう。犯される鋭い痛みが心臓を切り裂いて、涙が溢れていく。

これはいったい、なんの罰なのだろう。マイノリティの恋愛志向への嫌悪か、嘘をついて信頼を裏切る結果になってしまったことなのか。

絵に没頭すると感情が暴走しがちだと言っていたけれど、高嶺がなぜこんな形で感情を暴走させているのかわからない。

でも、もしかしたら——。記憶の底に埋もれていた男同士のキスシーンが、どういうわけか絵に没頭する高嶺のセクシャリティな部分を刺激していた。そして思い出したその時まで、顔を見るたび無意識の嫌悪が高嶺の苛立ちを募らせてきた。その嫌悪は記憶とともについに彼の意識の表層に浮上したということなのかもしれない。そう想像すると、性的マイノリティがばれたことより、無意識の中でさえ嫌悪されていたのだということのほうが辛《つら》い。

今の高嶺は、感情のコントロールが効かない状態だ。浩汰を放置してしまった時は、平常に戻って何度も詫《わ》びて、反省の連続だとぼやいていた。また絵が完成して平静に戻ったら、きっと苦い思いを残すだろう。彼をこんな暴挙に駆り立てさせてしまった原因は、自分にある。

ごめんなさい、ごめんなさいと胸の中でくり返す入谷の体から力が抜けていく。

熱塊の抽送が速さを増した。局部が軋《きし》んで、焼けつく苦痛に歯を食い縛る。律動がテーブルを激しく揺らし、振動する調味料の小瓶が倒れて転がり落ちていった。

息がとまりそうなほど辛くて痛いのに、心は高嶺を求めてやまない。心臓が氷の杭《くい》を打ち込まれたみたいに冷えているのに、犯される下半身だけが熱を帯びて痺《しび》れる。

「んぁ……あっ」

ふいの昂《たかぶ》りに襲われて、肩が震えた。

下半身を巡る熱が脚の間に集まって、屹立の先へと濁流が押し寄せてくる。とっさに手で鈴口を覆ったと同時に、開いた鈴口が白い液体を排出した。

律動がとまって熱塊が引き抜かれる。緩んだ窪みから高嶺の精液が漏れ、入谷の内腿《うちもも》を伝い流れた。

大学時代は、顔と絵に惹《ひ》かれて憧《あこが》れていただけだからと、自分に言い聞かせて納得もできた。トラウマは残ったものの、社会人になると忙しさに紛れてしだいに薄れた。

だけど今は、仕事中の扱いにくくなる気難しい高嶺も含めて、改めて彼の全てに惹かれた。浩汰と三人ですごす時間が幸せで、大切で、いつまでも続くようにと願った。

こんなことになって、今度こそ本当に立ちなおれない。この苦しい思いは、なにがあっても薄れることはないだろう。彼に嫌われてしまったら、もう二度と立ちなおる術《すべ》はないのだ。

高嶺の足音が遠ざかり、アトリエのドアが音をたてて閉じた。

入谷は、テーブルからずり落ちるようにして床にへたり込んだ。

「申し訳ありませんでした。このようなことがないように、以後気をつけますので」

入谷は、女流人形作家宅の玄関先で、深く頭を下げた。

「いいのよ、気にしないで。今日は私、ずっと暇だったし。インタビュー記事、楽しみにしてるわ。うんと持ち上げて書いてね」

編集者が発掘したアーティストを毎月ひとりずつ持ち回りで紹介していく記事なのだが、ぼーっとして電車を乗りすごして三十分も遅刻してしまったのだ。

「ありがとうございます。作品の素晴らしさと先生の優しさを、あますところなく書かせていただきます」

言って再度、深々と頭を下げて、寛容な作家さんでよかったと胸を撫でおろした。

あれ以来、気分が塞いでこんなミスばかり。三日後には旅行だというのに、高嶺と顔が合わせられなくて、家に足を運ぶことができない。

浩汰は保育園にいっているだろうか。ちゃんとご飯を作ってもらってるだろうか。それも気になって仕事が上の空だ。

職務を果たせない以上、今日限り担当をおりようかと考えてしまう。楽しみだった旅行も、高嶺との関《かか》わりはなにもかもおしまい。そうなると、しっかり捉《つか》まえておけと言って全面バックアップしてくれる編集長をがっかりさせるだろうけれど……。

駅を出ると、ロータリーの隅にある公衆電話が目に入った。

電話をかけて浩汰と話したい。どうしているか確かめたいと思う。でも、番号を教えているスマホか社の電話からだと、記録で高嶺にばれてしまう。

公衆電話なら、高嶺が出ても無言ですぐ切ってしまえばいい。記録が残っても、間違いやいたずらはよくあることだ。

ボックスに入ると受話器を取り、カードを入れて思いきって番号をプッシュする。

『もしもしぃ。たかみねでぇす』

懐かしくて愛らしい浩汰の声が聞こえて、胸がじわりとしてキュウと絞めつけられた。

「入谷くんだよ」

『いりやくんっ？　おしごと、いそがしいの？』

「う、うん。そう、忙しくて、いけなくてごめんね。……お父さんは？」

『アトリエ』

「保育園いった？」

『いったよ』

「お夕飯、食べた？」

『たべた！　カレーライス』

「お風呂は？」

『おとうさんとはいった。いまテレビみてるの』

時間はまだ七時。保育園から帰ってすぐ夕飯を食べて風呂に入って、あとは八時になったら寝るだけだ。

高嶺は、浩汰の世話をしている。掃除の手は抜きまくりだろうけど、自分がいなくても高嶺家はちゃんと回っている。そう考えると寂しくて、これまでのサポートはおせっかいでしかなかったのだと、思い知らされて気分が落ちていく。

「お父さんも忙しいから、入谷くんから電話あったって言わないでね」

『わかった。あのね』

「うん、なあに？」

『りょこうのしたくしたの。おふろのおもちゃと、あみとかごもってくんだよ』

無邪気な言葉に、入谷は声がつまって鼻の奥がツンと沁《し》みた。

大きなお風呂で船を浮かべて遊ぶんだと、楽しみにしていた。山でトンボを捕まえたいと、はしゃいでいた。

今日で担当をおりたら、旅行はたぶん中止。急遽《きゅうきょ》代わりに同行できる暇な編集者なんていないのだ。

三日後に出発でこんなに盛り上がってるのに、中止だなんてそんなかわいそうなことはできない。針のムシロの一泊二日になるのは辛いけど、浩汰のために、せめて旅行が終わるまで……保留にしておこう。

「楽しみだね」

絞り出して言ってやると、浩汰は『たのしみ！』とハイテンションな声を返した。

社に戻ると休憩スペースでコーヒーを買って、紙コップを持ったままソファでまたぼんやりしてしまう。

待ち合わせやスケジュールはだいたい決めているけど、担当としては少なくとも前日に確認の電話を入れておくべきだろう。道中はナビをしたり観光の手配をしたり、顔を合わせるのも憚られるというのに、やるべきことはたくさんある。だけど考えることを頭が拒否していて、霧がかかったようにどんよりだ。

「や、入谷くん。あれ……なんか、沈んでる？」

声をかけてきたのは、堀口だ。

「別に……」

笑って言おうとする顔が強張って、へんに歪んでしまう。

ほとんど減っていないコーヒーに口をつける。いつの間にかすっかり冷めていて、独特の酸味が舌を刺した。

「別にってようすじゃないよ。そんな君を見るのは初めてだ」

気力が根こそぎ持っていかれて、もう仕事をするのも嫌だ。なにもかも面倒くさい。いっそ消えてなくなりたい。

「俺、高嶺さんの担当おりようかと」

言葉にしたら、ポロリと涙がこぼれた。

「え？　ちょ、ちょっと。なにがあったんだい？」

わけがわからずに焦る堀口が、ハンカチを出して入谷に渡す。それを受け取ると、入谷は目元を拭ってすぐに返した。

「他の部署に……異動願い、出していいですか？」

「人事に融通きかせることはできるけど、すぐには無理だと思うよ」

「じゃあ、会社辞めます」

なにをどうするという考えはなく、感情に任せて出た言葉だ。

堀口は慌てて入谷の背中をさすり、抱えるようにしてソファから立たせる。

「わ、わかった。とにかく、場所を変えよう。ゆっくり聞くから、僕のうちにおいで」

堀口の家にいったら、たぶん一線を越えるアプローチに持ち込まれるだろう。それもいいかもしれない。このままでは苦しいばかり。傷心につけこまれても、今はすがらないと心が壊れてしまいそうだ。

忘れられない高嶺の面影を紛らわせるなにかがほしい。淫らで激しく、澱《よど》んだ熱を全て吹き飛ばすほどのなにか。体を汚してでも、身の内に残る高嶺の熱を消したい。

堀口の力を借りて新しい世界に踏み込めば、きっと、少しは開きなおるくらいの強さが持てる。

入谷は頷いて、堀口に促されるまま車に乗り込んだ。


堀口のマンションは築年数の古い2LDKだが、最新のリフォームを施した上流クラスの賃貸である。会長の親族というコネ入社でも、若くして専務の役職を得るだけの能力はあって高収入なのだ。

照明を半分に落としたリビングでラブソファに並んで座り、グラスに注いだ琥珀《こはく》色のブランデーを口に含む。

しかし、傷心なうえに元からそんなに飲めない入谷には、高級ブランデーだろうがウイスキーだろうが、味なんかわかりゃしない。

やけくそで呷《あお》るとむせて咳《せき》込んで、また呷ってグラスを空にする。

「大丈夫？　もう一杯いく？」

「もらいます」

さあつけこんでください、とばかりにグラスを差し出す。けれど口に近づけたところで匂いに胸焼けを誘われて、慣れないやけ酒はあきらめた。

「元気出てきたかな？　なんでも話してごらん」

堀口は、入谷の肩を抱いて耳元に顔を寄せる。

「好きだよ」

囁かれて、ゾクリと両腕に鳥肌が立った。

高嶺に犯されていた時は、痛みに苦しみながらも囁きに性感が粟立ったというのに、好きだと言われて、鳥肌。

堀口の唇が首筋を這《は》い、抱き締められて押し倒された。

高嶺にソファに押し倒された時と似た体勢だけど、のしかかられてただ重いとしか感じない。

キスをしようと堀口が唇を重ねてきて、つい無意識に顔を背けた。体を汚す覚悟のはず、と気を取りなおして上を向いたところが、触れる寸前で意思に反してまた避けてしまった。

高嶺との初体験は挿入だけだったけど、どうせ犯すならキスもしてほしかった。なんてことを考えて、怒りに任せた愛のない行為が悲しくて気分がますます落ち込んでいく。

シャツのボタンが外されて、堀口の手が胸元に侵入する。乳首を触られて、性器が勃つどころか極寒に曝《さら》されたみたいに冷えて縮んだ。

好きでもない男に抱かれるというのは、こういうことだ。はっきり言って、気持ち悪いだけ。

「やっぱり……だめです」

入谷は胸に乗っかる堀口を押しのけ、座りなおして頭を抱えた。

なんてばかなことをしているのだろう。高嶺の熱を忘れるなんてできない。乱暴されたのに恋しくて恋しくて、堀口に触れられるたびに高嶺と比べてしまうばかりだ。

堀口は乱れた髪をかき上げ、ため息をついた。

「もしかして、高嶺一志が好きなの？」

入谷の肩がビクと揺れた。泣きたくなって、両手で顔を覆った。

「そうか……そんな気はしてたよ。彼の担当になってから、つれなくなったよね」

「ごめんなさい。堀口さんとつき合おうと思ったこともあったけど、でも……大学時代からずっと好きで……」

「それで、彼となにがあったんだい？　もしや、ふられた？」

入谷は首を横に振る。それ以前の問題だ。

「片想いですから。そういうことじゃなく……、ちょっとしたことが原因で、ゲイだってばれちゃって。それで……なんていうか、ギクシャク……したっていうか」

「差別的なことでも言われた？　ひどいやつだな」

「違う。俺が悪いんです。あの人はノーマルだから、マイノリティを知られたくなくて嘘をついて怒らせた。信頼を失ってしまった」

「う〜ん……そうかあ。それじゃ、担当を続けるのは気まずいよね」

堀口が、そっと寄り添う。入谷は沈む気分を振り払ってブランデーを一口飲んだ。

「君が彼を忘れるまで待つよ。辛い気持ちが紛れるように、なんでもしてあげる。部署の異動も明日中に決めるよう人事に指示しておくから」

「あ、そのことですけど。取材旅行はいきます」

「でも、その精神状態で高嶺に会うのはきついでしょ」

「浩汰くんがすごく楽しみにしてるんで、連れていってやりたいんです。引き継ぎはそのあとに」

堀口は腕組みして考え、理解の頷きを返した。

「じゃあ、僕も同行しよう」

「え、堀口さんだって仕事があるのに」

「心配ない。君は一泊二日も高嶺にくっついてなきゃいけないのに、たえられる？」

「……しんどい……かも」

「ね、だから僕が高嶺との間に入る。彼には僕から連絡入れておくから、任せて」

車は密室だし、宿の部屋は三人一緒。温泉も一緒に入るかもしれない。浩汰がワンクッションになって少しは気が楽かもと思ったけど、浩汰を挟んで常に高嶺と顔をつき合わせるのはやはりきつい。
堀口が間に入ってくれると言うのなら、ここは気遣いに甘えさせてもらおう。
入谷は頭を下げて同行を頼んだ。

旅行出発日の早朝。入谷は堀口の車で高嶺父子を迎えに訪れた。

予定では高嶺の車を使うことになっていたのだが、急遽参加した堀口が、マイカーを出すから助手席に入谷を座らせて高嶺父子を後部座席にしようと提案したのだ。

そうすれば、車中で振り返らなければ高嶺と目を合わせることはないし、高嶺との会話も必要最小限ですむ算段なのである。

「おはようございます。先生は貴賓ですから、ふたり体制で万全を期して取材のお手伝いさせていただきます」

堀口が言う横で、入谷は浩汰に視線を落としたまま俯きかげんで頭を下げる。

なぜ堀口が同行するのか、高嶺は察しているだろう。怒らせるようなことをしてしまったうしろめたさと負い目を、きっと見透かされてる。ろくに謝罪もしないで避けようとするなんて、無責任だと呆《あき》れられているに違いない。浩汰のためという理由がなかったら、今すぐ逃げ出してしまいたい。

「いりやくん、おふろのおもちゃもってきた？」

なにも知らない浩汰が、入谷の手を引っ張ってはしゃぐ。

「おもちゃは持ってないんだ。浩汰くんの、貸して？」

「いいよ。さかなすくいセットもあるんだあ」

家庭風呂しか知らない浩汰は、温泉というものがとても楽しみらしい。

「さ、出発するから車に乗って」

ペットキャリーの中で、お出かけが大好きなフェルメールがソワソワ動き回る。移動はこの小さなカゴで、旅館に着いたら小型ケージに移す。二日分のフードやらなにやらあって、フェルメールのお世話用品だけでもけっこうな荷物だ。

浩汰をジュニアシートに座らせると、横から高嶺が身を乗り出してベルトをとめる。

「話したい」

耳のそばで小声を落とされて、入谷の鼓動が鳴った。

背中がゾクと粟立ち、彼を受け入れた局所が痛みと疼《うず》きの記憶を反芻《はんすう》して熱を持つ。そして、取り戻すことのできない後悔と情けなさが浮上してきて悲しくなる。

「入谷くん、僕の隣でナビ頼むよ」

運転席でスタンバイする堀口は、なにやら上機嫌なようすだ。

入谷は顔を上げられないまま、高嶺から離れて助手席に座った。

高速を降りるまではカーナビに従えばいいのだけれど、間に入って引き離すのが堀口の役割なのだ。

「いりやくん、いりやくん」

走りはじめてしばらくしたところで、浩汰に呼ばれた。

「チョコたべる？」

振り返ると、ジュニアシートに収まった浩汰が思いっきりチョコレートを差し出しながら手足をジタバタさせていた。

お菓子を分けてあげたくて、届くようにと頑張っているのだ。カメがもがいてるみたいな姿が可愛くて、思わず笑ってしまう。

「食べる、食べる」

「ほりぐちさんにもあるよ」

「さすが。優しいね」

言って半身をひねって手を出すと、高嶺が仲介して浩汰から入谷へと渡した。

「あ……ありがとう」

受け取ると高嶺と目が合って、視線が外せなくなってしまった。

平常の彼は、まっすぐな瞳を入谷に据える。昨夜遅くまで仕事に没頭していたのだろうか。カジュアルな服装で元気そうだけれど、目元にわずかな疲れが見えて心配になる。

運転手もいるし、浩汰くんのことは任せて道中休んでいてください。と言いたい唇がわずかに動いた。

「食べさせてくれないかな。僕はハンドルから手が放せないからね」

すかさず堀口が割って入る。

魔法が解けたかのように視線を外した入谷は、個包装のチョコレートをむいて堀口の口元に持っていった。

「あーん」

堀口が前方を向いたまま口を開ける。指が唇に触れるのがなんとなく嫌で、ポイと放り込んだ。

埼玉から景色はどんどん変わり、群馬に入ると紅を帯びた山並みが見えてくる。

高速を降りると、入谷は地図と観光ガイドを広げ、景観のよさそうなポイントを探しながら進行方向を指示していく。高嶺の希望は観光客向けの名所ではなく、手つかずの自然を脳裏に描き取ること、なのだ。

山道に入る前に有形文化財に指定された古民家の残る町並みを見て歩き、工芸品や民芸品の店を覗いて回り、早めの昼食は素朴な山菜うどんを食べる。

浩汰はハーネスをつけたフェルメールを連れ、入谷が排泄《はいせつ》処理セットとミニウォーターボトルを入れたトートバッグを持ち、気の向くままブラブラと歩く田舎の散策は、楽しい発見がいっぱい。

取材というより浩汰を遊ばせにきたといった感じだが、写真を撮りまくり、高嶺はポケットサイズのクロッキーブックに色鉛筆とパステルで心象を描き写していく。

美といえそうな題材はなさそうだけれど、高嶺の感性は情景の中に咲く小さな美を見つけてエッセイにしたためてくれるだろう。

なにを描いているのかとちょっと離れた背後で首を伸ばして見ると、茜《あかね》色の山と刈り取りの終わった田んぼにたたずむカカシのひとコマ。忠実な色彩が散りばめられていて、対象物がなんなのか遠目でもすぐわかる。

ふいに高嶺がクロッキーブックを閉じて振り返った。

「入谷」

呼ばれて、逸らそうとした目が高嶺に釘《くぎ》づけになってしまう。

「お、高嶺先生。こっち、すごいですよ。写真に撮ります？」

例のごとく堀口の声が割って入って、入谷の意識が弾《はじ》けた。

「ふぇるめーるがうんこー」

あぜ道でバッタを追いかけていた浩汰も声を上げる。

「あ、はいはい」

入谷は処理セットの入ったトートバッグを開けながら、高嶺に背を向けた。

晴れた空に映える山々の色彩は見事で、曲がりくねった林道を進むごと、移り変わるハーモニーが次々に目を楽しませてくれる。

後続車も対向車もなく、車を停められるスペースを見つけると降りて細道に入って散策と写真撮影をして、日没がはじまる頃には旅館にチェックイン。

八室しかない二階建ての宿だが、満室ではないらしい。飾り気のない民宿といったふうなたたずまいは静かで、廊下の奥から美味を期待させる匂いがほんのり漂ってくる。料理と温泉と山歩きをゆったり堪能《たんのう》できそうな絶好の穴場だ。

「なるほどねえ。変わり者の編集長が好みそうな小さい宿だ」

ロビーで、堀口が憚られる声で入谷に半身を寄せる。

「変人ですか？　うちの編集長」

「そばにいたら気づかないかもしれないけどね。いろいろ変わってる人だよ」

笑って言う堀口が、入谷の肩に手を置いてチラリと高嶺に視線を向けた。見せつけているつもりのようだ。

間に入ってほしいとは思ったけど、仲良しアピールしてくれとまでは頼んでない。

こんな茶番を見られたくなくて、さり気なさを装って堀口の手を払った。高嶺のようすを窺うと、しっかり見られていてまた情けなくなった。

予約を入れた時は高嶺父子と一緒の部屋にしたのだが、堀口が旅館に変更の連絡を入れて廊下を挟んだ斜向《はすむ》かいの二部屋になった。高嶺父子、堀口と入谷、の組み合わせだ。

入谷と一緒のお泊まりを楽しみにしていた浩汰は、別の部屋だと知ってゴネたけれど、寝る前に絵本を読んであげるからと言ってなんとか納得してもらった。

入谷にとってこの旅行は『浩汰のため』にすり替わっているので、がっかりされると良心が痛んでしまう。

「フロントで周辺の情報を聞いてきますね」

部屋に荷物を置くと、入谷はさっそく明日の下準備にかかる。

「ひと休みしようよ」

「必要なことはさっさとやっておかないと。そのための同行でしょう」

「真面目だね」

お茶を淹れようとしていた堀口が、湯呑《ゆのみ》を置いて立ち上がった。

「じゃ、僕もいくよ」

明日の予定は山歩きなので、周辺のハイキングコースの地図をもらってお奨《すす》めスポットなど聞いておきたいのだ。

「温泉は高嶺先生と息子さんで先にいってもらって、僕たちはふたりであとからゆっくり入ろう」

上機嫌な言いかたが『風呂でイチャイチャ』みたいな下心満載で、賛成しかねる。

「俺は浩汰くんと入るから、堀口さんが高嶺先生と」

「そんなあ」

一階に下りて大浴場を覗いてみたら、大がつくには少し狭いものの清潔で、源泉かけ流しと子供用の浅い浴槽まであって、浩汰も満足しそうだ。

宿泊客が少ないせいか、フロントには誰もいない。

ふと視線を感じて振り向くと、背後の柱から身を半分だけ出してこちらを窺う不審な男と目が合った。

屋内だというのに、ニット帽を深くかぶって真っ黒なサングラスをかけ、身を縮めて柱にへばりつく。サングラス越しだが、確かに目が合ったのは、男の反応でありありと見て取れた。

入谷は凝視して首を傾げた。

「……宮下くん？」

「なにっ？　宮下？」

不審な男がギクリとして柱の陰に引っ込んだ。もしかしたら変装しているつもりなのかもしれないが、どこからどう見てもアルバイトの宮下だ。

「宮下くんでしょ？」

柱の向こうに回り込んで再び声をかける。観念したようすの宮下が、帽子を脱いでサングラスを外した。

「おまえっ、なんで！」

追及する堀口の声が裏返った。

宮下の格好も不審だが、なにやら焦る堀口もへんだと思う。

「ぐ、偶然だね。俺、ひとり旅が趣味だから」

「嘘をつけ。こんなとこまでストーカーするとは」

「ストーカーと違う。あんたの素行が悪いからだろ！」

いきなり開きなおった宮下が逆襲に出た。

「急に入谷さんと旅行だなんて、アヤしさ満々じゃないか」

「俺は高嶺先生の取材に同行してるんだよ？」

入谷が口を挟むと、宮下はふんっと胸を張る。

「わかってるよ。先生と子供がいるのは見たから」

「わかったなら帰れ！　今すぐ帰れ」

「入谷さん。こいつはね、バーで入谷さんが帰ったあと俺とホテルに泊まったとんでもないヤツなんだ。騙《だま》されちゃだめだよ」

「なな、な、なにを……っ」

どもって言葉を失うあたり、本当のことのようだ。

「堀口さんと宮下くんて、つき合ってるの？」

「違う。誤解だ」

見たままの感想を述べると、堀口が慌てて入谷の肩をつかみ、その手を宮下がバシッと叩き落す。

「ふざけんなよ。あんたが入谷さんに目をつけてたのは知ってるけど、つき合ってるのは俺だろ」

「いや、別れた。入谷くん、信じてくれ。つき合ったことはあっても、もうとっくに彼とは終わってるんだ」

堀口はアタフタと言い訳するが、入谷はなんの感慨もなく微笑んでしまう。

「別れてない！　俺は同意してないし、別れ話のあとだって何回もやった。俺たちの関係は続いてる」

「そうだったのかぁ」

「納得しないでくれ、入谷くん。わかるだろ、宮下はストーカーで」

もはや修羅場。もしくは、痴話げんか。

年下アルバイトの宮下が、入谷にだけトゲトゲしい態度でつっかかってきた理由。堀口と話している時に頻繁に居合わせたり通りかかったりしたのも、バーに乗り込んできたのも、嫉妬に駆り立てられた行動だったのだ。

今回も、取材と偽ったふたりきりの蜜月《みつげつ》旅行なんじゃなかろうかと疑って、いてもたっ

てもいられなくて旅館に先回りして窺っていたのだろう。

裏切られてもこんな扱いをされても、まっすぐ気持ちをぶつけて追いかけてくる宮下が羨ましい。ストーカー体質はともかく、可愛いし、仕事もできるしっかり者だし、堀口と相性がいいんじゃないかと思う。

「せっかくだから、明日は宮下くんも取材に同行しない？」

「な、なに言ってるんだ。たかがバイトに」

「来年は正社員だ」

「高嶺先生は貴賓扱いでしょう？　スタッフは多いほうがいいじゃないですか」

堀口が、ググッと声を呑む。

つまるところ、二股《ふたまた》かけられていたわけだけど、高嶺を忘れたくて堀口に抱かれようとした自分も同じ。高嶺が話したいと言ってくれたのに、向き合えずに逃げ回る卑怯者《ひきょう》だ。辛くても、真摯《しんし》に向き合って決着をつけたほうがいい。それは、自分の未練がましい気持ちへの決着。きちんと話をして、この想いに終止符を打つのだ。

次に『話したい』と言われたら、はいと答えよう。

次というところが、まだまだ弱気であるが。宮下に触発されて、ほんの少しの勇気を得た入谷である。

しかし、なかなかそうもいかず——。

部屋に戻ると、同行スタッフとなった浴衣《ゆかた》姿の宮下が、入浴セットを抱えて堂々と乱入してきた。

「入谷さん、坊ちゃん。夕飯の前に三人で温泉入ろう！」

浩汰が、ぼっちゃんてだれ？　という顔で入谷を見上げる。

「浩汰くんのことだよ」

「なんでぼっちゃんなの？」

「そりゃ、いいとこの坊ちゃんだからさ」

宮下に言われて、浩汰が不思議そうに首を傾げた。

「僕も一緒に」

堀口がしたくをしようとすると、宮下が片手を突き出して制止する。

「おっと、男子禁制」

「おまえも男だろ。てか、全員男じゃないか」

「ニュアンスを理解しろよ」

コントみたいなやりとりに、笑いが出てしまう。個性的というか、今どきの大学生というか、意外に面白い若者でやっぱり堀口とはお似合いだ。

「誰だ？」

入谷の隣に高嶺が立ち、小声で訊《たず》ねた。

「うちのバイトの宮下くんです。紹介しそびれてしまって……、いろいろいきさつはあるんですけど、急遽同行スタッフに加わったんで」

「そうか。賑《にぎ》やかだな」

高嶺が、言い合うふたりを見てクスと微笑《わら》う。

「うるさくて、すみません」

「いや。それじゃ、俺は写真の整理でもしてるから、浩汰を頼む」

高嶺は、カバンからデジカメとタブレットを出して広縁の椅子に座った。

入谷の胸がドキドキと鳴る。高嶺と普通に喋ることができた。それだけで嬉しい。

できれば高嶺と浩汰と三人で入って話のきっかけを得たいけど、あの性的な出来事から日が浅くて、裸で並んで湯に浸かって平静に話すなんて勇気はまだない。

かといって堀口とふたりで入って下半身が反応されたりしたら困る。この場合、宮下と浩汰と三人でというのは一番いい組み合わせだろう。

温泉が初めての浩汰は匂いを嗅いでどんな味か舐めてみようとしたり、子供用の湯船で船を浮かべて遊んだり。他に誰もいないので貸し切りプールの気分でめいっぱい長風呂を楽しんだ。

部屋に戻るとちょうど夕食ができたと呼ばれて宴会部屋に下り、安いプランで宿泊している宮下も特別料金の豪華な晩餐《ばんさん》にちゃっかり加わった。

食事が終わると売店で買い込んだビールと缶酎ハイを入谷組の部屋に持ち込み、浩汰には紙パックの牛乳を渡して、ふたりはすっかり仲良し。人懐こい浩汰は、自然体で接してくれる宮下をお友達認定したようだ。

予定外に賑やかな夜になって、浩汰は目をランランとさせてはしゃぎまくり、高嶺と入谷が接近すると堀口が引き離そうと割って入り、入谷と堀口が接近すると宮下が割って入り、なんだかカオスで高嶺と話す機会がない。

九時近くになると限界のきた浩汰は遊びながらパタリと眠ってしまい、布団に入れるからと言って部屋を出た高嶺は、もうこっちには戻らなかった。

「宮下くん、まだ飲む？　ここで三人で寝ようか」

堀口とふたりきりになりたくないので宮下を引きとめると。

「当然です」

と居座り、堀口は苦々しげにビールを呻る。

酒の勢いと社の人気者といわれる宮下のペースで話が弾み、気がつけば雑魚寝《ざこね》状態で朝を迎えていた。

「可愛いなあ。俺も小学生の頃、フェレット飼ってたんだよ」

ハーネスをつけたフェルメールを見て、宮下が目尻を下げて手を出した。

警戒心のないフェルメールは、初めての人でもおかまいなしにまとわりついていく。

「外に出したことなかったけど、全然平気なんだな」

「ふぇるめーるは、おさんぽだいすきだよ。キャンプもいっしょ」

「フェルメールっていうのか」

宮下がプフッと笑った。

今日は午前中いっぱいの山歩き。昼食を頼んであるので旅館に戻ったら食事をとり、ひと休みしてから帰宅の予定である。

「お出かけの時間ですか」

ロビーに下りると、仲居さんがパタパタと見送りに駆けてきた。

「最近のお天気は不安定ですから、急な雨に気をつけてくださいね」

「こんな晴れてるのに、降るんですか？」

ありえないといったふうの堀口が、窓から空を見ようと腰を屈《かが》めた。

「山の天気は変わりやすいですもの。特に最近はね、雨が多いです」

「折りたたみ傘があるから大丈夫かな」

入谷はデイパックを開けて確認する。小さなカバンにも入るコンパクトな軽量折りたたみ傘を取り出して見せた。

「秋の長雨は普通ですけどねえ、今年は降ると土砂降りで。夏の終わりからずっとおかしな雨が続いてるんですよ。地盤の緩んでるとこもありますから」

説明しながら、仲居さんがハイキングマップに×印をつけて渡してくれた。

コースから外れているけど、土砂崩れで通行止めの箇所と、崩れる危険のある個所のふたつ。ここに近づかなければいいわけで、一行は元気に旅館を出発した。

車に乗るさいに誰が助手席に座るかで揉《も》めたものの、後部座席に高嶺父子と入谷が座ることになった。

ジュニアシートがけっこう幅をとっていて、真ん中に座る入谷がフェルメールのキャリーを膝《ひざ》に抱えてギュウづめだ。

クネクネのカーブで体が傾いて、ジュニアシートにゴツリと押しつけられ、そして高嶺のほうにグイィと寄りかかる。

「なんだかんだ、ふたりで話す隙《すき》がないな」

前の席に聞こえない潜め声で、高嶺が言う。

「東京に帰ったら電話する」

入谷は俯きがちに「はい」と答えた。

山の斜面にある小さな高台で車を降りると、目に飛び込んできたパノラマに一行は感嘆を漏らした。

うろこ雲の横たわる空は高く、足下には秋野菜の実る谷あいの集落。広がる紅葉は土壌の違いからか、同種の木でも鮮やかな赤と煉瓦《れんが》色の赤があり、黄色がかった葉は常緑樹と絶妙なグラデーションを描いていたりして、まさに絵に描いたような景観。三台分しかない狭いスペースだけど、駐車場も景色も貸し切りだ。

「アカトンボ！」

浩汰はトランクから虫捕り網を出して、ぶんぶん振り回して追いかける。しばらく奮闘してあきらめかけた時、宮下がトンボを浩汰の目の前に出して見せた。

「すごい！　どうやったの？」

「素手で捕まえたの？」

入谷と浩汰は目を丸くしてしまう。

「俺は田舎育ちだからね。ちょいっと簡単さ」

「ぼくもできる？」

「練習あるのみ！　慣れれば蝶々《ちょうちょ》だって捕まえられるようになるぞ」

浩汰は期待に燃える目で高嶺を見上げた。

「わかった。春になったら虫捕りの練習に連れてってやる」

約束をもらって破顔した。

浩汰は、宮下を虫捕りの師匠と決めたようで、バッタや名も知らない昆虫を見つけると大声で呼ばわる。担当をおりたらいずれ後任候補は宮下かなと漠然と考えて、言いようのない寂しさに襲われた。

ハイキングコースに入ると落ち葉の感触を楽しみ、高嶺と堀口は写真を撮りまくり、浩汰は目についた虫の名前をいちいち宮下に訊く。入谷はフェルメール係で、落ち葉を掘っては潜《もぐ》ろうとするのをやめさせ、疲れて動かなくなるとウィンドブレーカーの中に入れて抱え、ゆっくり最後尾を歩いた。

「ふぇるめーる、おもい？」

ひと巡りして駐車場に戻ると、浩汰が膨らんだ入谷のお腹をさする。ジッパーを下ろすとパンダ模様の顔がひょこっと出てきた。

ウィンドブレーカーの中でお昼寝したフェルメールは水を飲んでフードを食べて、落ち葉が気に入ったのかまた森を目指して走っていく。

ハーネスを握った浩汰も全速力で走り、その鼻先をアゲハ蝶が横切った。

「あっ、ちょうちょ。みやしたくんとってとって」

「へえ、こんな季節でもまだいるんだな」

「よし、僕が捕まえてあげよう」

心証を悪くした入谷のご機嫌をとろうと、堀口が網を持ってくる。

「都会育ちなのに、できるのかよ？」

アゲハ蝶は森に逃げ込み、みんなしてゾロゾロ追いかけていく。

高嶺はベンチで大判のスケッチブックを広げ、足下の風景を描きはじめていた。

入谷は浩汰たちのあとをついて歩きながら、スケッチに没頭する高嶺の姿を目に焼きつけるかのようにして何度も振り返った。

東京に戻って、高嶺はなにを話すだろう。平常時の彼は、良識も責任感もある優しい人だ。きっと、あの暴挙をまず最初に詫びる。それから……。その先が想像つかない。予想するのが怖い。宮下のおかげで勇気を得た。だけど、こうして改めて考えると、やっぱり逃げ出したくなってしまう。

不信感から感情を暴走させてしまった高嶺は、男にあんなことをして後悔しているに違いない。絵の世界に翔んでいる時の精神状態や思考はよくわからないけど、元はノーマルな人だ。コントロールできずにやってしまった相手が男だなんて、気持ち悪いと思ってるかもしれない。

それでも高嶺は、大人の対応で『話したい』と真摯に言ってくれた。

本当は、伝えたいことがたくさんある。最初は少しは打算もあったけど今は違うのだと釈明したい。なぜ嘘をついたのか、誠実な心で説明して許しを請いたいと思う。

でも——ずっと片想いしてたから、恋愛志向を知られたくなかったから——そんなことを告白するには、ほんのわずかな勇気では足りないのだ。

個人的なつき合いはやめようとか、もう家にこないでくれとか、面と向かって言われたら覚悟していても辛い。嫌悪を抑えて今までどおりの関係でいようというのだとしたら、それはそれでまた辛い。

一般的には数少ない異質な恋心。こんな想いに翻弄《ほんろう》される自分がうらめしい。せめて恋愛経験と性体験があれば、宮下みたいに開きなおってサバサバ処理できただろうか。どーんと玉砕して、後腐れなく担当の仕事を続けられただろうか。

いや……性格的に無理だ。

どんなに経験を積んだとしても、高嶺に異質な目で見られるのは辛い。だから、大学のあのショック以来、恋愛志向に極端な負い目を感じてしまったのだ。

堂々巡りで、せっかく得たわずかな勇気が萎《しぼ》む。沼の底にでも落ちていく気分になる。やるせないため息を吐くと、どこかで低く振動する音が耳に入った。

なんだろう——。

思考が現実に引き戻されて、周囲を見回した。

さっきまでは木漏れ日の射す気持ちのいい森林だったのに、見上げれば枝葉の隙間から覗く空が暗い。遠くから雷鳴がゴロゴロと響き渡ってくる。

暗雲が垂れ込めて陽を遮り、あたりは鬱蒼《うっそう》とした景色に変貌《へんぼう》していた。

山の天気は変わりやすいという仲居さんの言葉を思い出した。

降ると土砂降りで地盤が緩んでいると、言っていた。傘はあっても、雷まで鳴っていては危険だ。

「浩汰く――っ」

呼び戻そうとして、浩汰どころか堀口も宮下も、誰もそばにいないことに気づいて青ざめた。

ぼんやり考えながら歩いているうちに、いつの間にか彼らと距離が開いてはぐれてしまったらしい。

慌てて駆け出すと、その先の細い道はいくつかに分かれていて、浩汰たちの進んだコースがわからなくて立ちどまった。

どの道を選ぶか迷った一瞬、地面の振動が足を伝った。

地震かと思ったけど違う。地を揺るがす振動とともに、不気味な轟音《ごうおん》も鳴り響いた。

どこかで土砂崩れが起きたのかもしれない。

膝が震えて、ぐにゃりと力が抜けそうになった。

宮下と堀口がついているだろうけど、だから大丈夫とかいう問題じゃないのだ。信頼して任せてくれていたのに、また裏切るようなことをしてしまった。自分の思考に気を取られて浩汰から目を離すなんて、とんでもない失態だ。

座り込んでなんかいられない。一刻も早く浩汰を見つけなければ。

「浩汰くん！　浩汰くーん！」

入れ違いで駐車場に戻っていてくれればと祈りながら、大声で叫んでやみくもに駆けずり回る。

「おーい、入谷くん」

曲がりくねった細道の向こうに、手を振る堀口が見えた。しかし、ホッとしたのもわずかの間。

「堀口さんひとり？　浩汰くんと宮下くんは？」

走り寄ると、そこにいるのは堀口だけだ。

「蝶々を追いかけてるうちにはぐれちゃって」

「は、はぐれたって……。捜さないで戻ってきたんですか？」

「いや、捜したんだけどね、近くで土砂崩れがあったみたいで危険な状態だから」

堀口は土で汚れた髪をかき上げ、さも大変だったといった顔で言う。

　まさか土砂崩れに巻き込まれてたり……と嫌な想像が浮かんで入谷は血の気が引いた。

「だからって」

　思わずなじってしまいそうになったけど、元はといえば目を離した自分が悪い。

「はぐれたのはどのへん？　早く捜さなきゃ」

「やめたほうがいい。今いっても二次災害に巻き込まれかねないだろ。山を下りて救助隊に任せよう」

「今にも雨が降りそうで、雷まで鳴ってるのに」

「だからだよ。無謀な行動で救助の対象を増やすより、待つほうが賢明だ」

「そんなの待ってられない。堀口さんひとりで戻って。俺は浩汰くんを捜す」

　入谷は堀口を押し退《の》け、彼が歩いてきたほうへと駆け出した。

「浩汰くーーーん」

　大声で呼ぶ声が、増してきた湿気に圧《お》されて響かない。

　幼い浩汰は、いつどこで崩れるか知れない危険な山の中でひとりきり。どんなに怖い思いをしているかと想像すると気ばかりが焦ってしまう。

　ハイキングコースが景色を見おろす斜面に出たところで、入谷は卒倒しそうになった。

　道が土砂と倒木で埋まっている。土砂崩れというよりは、小規模の地すべり。堀口の手が土で汚れていたのは、これを乗り越えてきたからだ。

浩汰はきっと、この土砂の向こうにいる。子供の足でそんな遠くまでいってないはず。

入谷は意を決して足場を探った。

流れ出た土砂は脆《もろ》くて足が埋まってしまう。岩がたくさん混じっていて不安定で、へたしたらそれこそ二次災害。岩が転がったら土砂に呑まれて、そのまま斜面の下まで流れ落ちてしまうだろう。

左は無残に崩れた斜面。右を見れば、このせっぱつまった状況とかけ離れた紅葉の波。

慎重に、足場を崩さないように、這うようにして岩と倒木を乗り越えていく。

さあ、浩汰はどこだ。

と見回すと、足元にお菓子が点々と落ちているのが目に入った。

浩汰が背負っていたリュックに入れてあったスナック菓子だ。それはあたかも道標《みちしるべ》のように一本の線を描き、ハイキングコースを外れて森の中へと続いていく。

つい最近、寝る前にヘンゼルとグレーテルを読んでやったのを思い出した。

森に捨てられた兄妹が目印にパンくずを撒《ま》いて歩いたくだりがある。浩汰は幼いながらの知恵でそれを真似《まね》ているのである。これを辿《たど》れば浩汰のもとに行き着き、そして元の場所に戻れる。偉いぞ、浩汰くん！

「浩汰くーーん。どこー？　返事してーー」

浩汰は近くにいると確信した入谷は、お菓子を辿りながら喉《のど》が張り裂けそうなほど声を張り上げて呼ぶ。

返事を期待して耳をそばだてると、上空からバタバタと忙《せわ》しない音が聞こえてきた。降り出した雨が枝葉を打っているのだ。それが瞬く間に大粒になり、滝のごとくザーザーと落ちてくる。

早く見つけないとお菓子が流れてしまう——。焦る入谷の耳に、激しい雨音に混じってやっと小さな応《こた》えが返ってきた。

「浩汰くん！」

ふやけて流されていくお菓子を必死に追い、浩汰の声を聞き、辿り着いたのは大木の根元にぽっかり空いた洞だ。

年月を経た木にできる洞窟《どうくつ》状の穴で、小さな子供がようやく入れるていどの大きさ。浩汰はリュックを大事そうに胸に抱え、身を丸めて避難していたのだ。

「大丈夫？　怪我《けが》はない？」

「うん」

手を差し伸べると、浩汰は半べそをかいてしがみついてきた。

「ふぇるめーるも、だいじょぶだよ」

グスンと鼻をすってリュックを開くと、フェルメールがひょっこり顔を出し、大粒の雨に打たれて慌てて引っ込んだ。

大事なフェルメールを一生懸命に守って、怖い思いをしながらこんなところでじっと迎えを待っていたのかと思うと、胸がせり上がって涙が出る。入谷は浩汰を抱き締め、「ひとりにしてごめんね」と何度も呟いた。

「道が大変なことになってるけど」

言って歩き出した視界が、突然真っ白に爆《は》ぜた。遠かったはずの雷が突然の閃光《せんこう》を放ち、耳を裂く爆音が轟《とどろ》いた。

続いて、バリバリと木が引き裂かれていく音。耳鳴りがして目が眩《くら》んで、なにが起きたのか把握できない。頭上に大きな影が降りかかってくるのが見えて、とっさに浩汰をかばった背中に重い衝撃を受けた。

目の前に赤い火花が散り、その次には意識が途切れて暗くなった。

小さな灯《ともしび》の中に浩太の泣き顔が見えた。それが次第に成長して、高嶺の顔に変わった。

――泣かないで。もうひとりになんかしないから。なんでもしてあげる。なんでも……します。嫌われても疎まれても、あなたのためならなんだってできる。だから、そばにいさせて。高嶺さん――。声にならない声で呟くと、小さな灯がゆるりと視界を広げた。

「入谷！」

呼ばれて目を開けると、真っ青な顔で覗き込むびしょ濡《ぬ》れの高嶺と、大泣きしてしゃくり上げる浩汰の顔。

「う……いたた……。なにが……あったの？」

「すぐそこの木に雷が落ちた。折れた枝が入谷を直撃したんだ」

言う高嶺の唇が微かに震えて見える。

まだ焦点の合わせづらい目を凝らすと、裂けた大木が無残な半身を晒《さら》し、燻《くすぶ》る臭《にお》いをあたりに漂わせる。そして、直撃したという枝の他、大小の枝が入谷の下半身に覆いかぶさるようにして積み重なっていた。

「じゃあ、俺……気を失って？」

「数十秒ていどだが、脳震盪《しんとう》だろう。背中は大丈夫か？」

「ええ、なんともないみたい」

痛いといえば痛いけど、普通に呼吸はできるし特に怪我もないようだ。

「そうか。デイパックがクッションになったんだな」

高嶺が、ホウと息をつく。

「しっ……しんじゃったとおもったよぅ」

しゃくり上げのとまらない浩汰が、フェルメールの入ったリュックを抱えてヒックヒックと肩を震わす。降りやまない雨に打たれる前髪が額に張りついて、溢れる涙が片っ端から流される。

「心配させてごめんね。でも全然、大丈夫だから」

言って、立ち上がって見せようとすると、枝の下敷きになった足が痛んでグッと息がつまった。

「無理に動くな。枝をどけるからそのまま」

高嶺は入谷の上の枝をひとつずつどけていき、最後に一番太い枝を持ち上げる。

「引き抜けるか？」

という合図に従って這いずり出ると、解放された足がズキズキ痛みはじめた。

「出血はひどくないようだが」

心配そうに診《み》る高嶺が、入谷の右足を持ってそっと曲げさせる。

怪我しているのは膝から下だが、自力で曲げられるし、ちょっと我慢すれば足首も動かせる。

「たぶん、骨は折れてないな」

しかし、立つことはできても足をついて歩けない。体重をかけるとひどく痛むのだ。

高嶺はとりあえず入谷を枝の上に座らせ、ジャケットの下のトレーナーを脱いで包帯代わりに巻きつけていく。入谷は折りたたみ傘を出し、浩汰を脇に引き寄せて差しかけた。

デイパックの中まで雨水は浸透しているけど、ビニールポーチに小分けしたタオルは無事だ。ミニタオルで浩汰の髪と顔を拭いて首にスポーツタオルを巻いてやる。それだけでも、少しは冷え具合が違うだろう。

「よくここがわかりましたね」

「ああ、雲行きがあやしくなったんで捜しにきたんだ。途中で堀口に会って、入谷が浩汰を追いかけていったと聞いた」

コンパクトな傘の下で浩汰を挟んで身を寄せ合い、高嶺は入谷の肩に腕を回す。

「慌てて土砂を乗り越えて、やっと見つけたと思ったら目の前で落雷だ。入谷が倒れたのを見て血の気が引いた」

「じゃあ、振り向いたらそこまできてた、ってくらい近くにいたんですね」

「そうだ。あのていどの枝だから大事なかったが、もっと太い枝が頭に落ちてたらと思うと……」

高嶺は無事を嚙み締めるかのように入谷の頭を撫で、コツンと額を押しつける。

こんなふうに触れてもらえて、申し訳ないと思う反面、胸が鳴る。束《つか》の間の幸せを感じて蕩《とろ》けてしまいそうになる。

「想像しただけで心臓が抉《えぐ》られる」

浩汰も話を聞きながら、高嶺と入谷の手をキュッと握った。

小さな手の冷たさに、入谷の胸がギクリとして現実を思い出した。

幸せに浸ってる場合じゃなかった。頼れる父が助けにきてくれて、死んだかと思った入谷も生きていて、浩汰はホッと安心したようだが、体が冷えて唇の色が悪いのが心配だ。

スコールみたいな降りは、いくぶん和らいできているけれど、緩んだ地盤はどこも危険な状態だろう。ここで雨がやむのを待っていても、落雷を受けたこの場所が地滑りを起こさないともかぎらないし、小さな浩汰はびしょ濡れで低体温症になってしまう。

「あの……、雨も小降りになってきてるし……高嶺さんは浩汰くんを連れて先に戻ってください」

「なにを言う。入谷を置いていけるわけないだろう」

「俺は、もう少しここで休んで、あとからゆっくり下ります」

「そんな怪我で、ひとりで歩くつもりか」

「こんなことになったのは、浩汰くんから目を離した俺の責任です。俺のことはかまわずに、浩汰くんの安全を優先して」

言うと、高嶺の手が入谷の肩をきつくつかんだ。

「危険な場所にひとり残して、もしものことがあったら俺は一生後悔する。戻るのは三人一緒だ。俺が入谷をおぶっていく」

浩汰が首をひねって父を振り仰《あお》ぎ。

「無理ですよ。だって」

今度は、入谷を振り仰ぐ。

「いいや。絶対に置いていかない」

「そうだよ！　いりやくんといっしょだよ」

会話に参加した浩汰が、寒さに震えながらも力強い声を上げた。

入谷は胸がつまって、言葉もつまった。

こんな状況だというのに、そんなふうに父子に言ってもらえて嬉しい。人道的で心優しい彼らと関わることができて、もう心残りはないとさえ思ってしまう。

「ところで浩汰。山の中をひとりで歩き回るなんて危ないだろ。どうして大人のそばから離れたんだ」

急に矛先《ほこさき》を向けられて、浩汰は口を開けて高嶺を見上げた。

「ハーネスがとれちゃったの」

フェルメールのハーネスが外れて、ちょこまかと走るのを慌てて追いかけたと言っているのである。

「それで、堀口さんと宮下くんと、はぐれたのか？」

「ほりぐちさんは、いっしょにつかまえてくれた」

「そのあとで蝶々を追いかけてはぐれたの？」

「ちょうちょつかまえるのは、みやしたくんだよ」

入谷と高嶺は、首を傾げて顔を見合わせた。

蝶を追いかけていてはぐれたと、堀口が言っていた。張りきって網を持っていたのは堀口だったから、彼が蝶を追いかけているうちに浩汰が他に気を取られでもしてはぐれたと解釈していたのだが……。なんだか話が見えない。

「じゃあ、いつ堀口さんとはぐれたの」

浩汰は大きく首を横に振った。

「みちがなくなっちゃったでしょ」

「う、うん……。それで？」

浩汰は、幼いなりに一生懸命に順を追って説明しているらしい。

「ほりぐちさんは、たすけをよんでくるからかくれてなさいって、どっかいっちゃった」

「えっ！」

入谷は目を見開くなり絶句した。

つまり、蝶を追いかけてはぐれたのは宮下。ハーネスが外れて跳び回るフェルメールを堀口と一緒に捕まえて、そのあとに地滑りが起き、堀口は浩汰を置いてひとりで危険な山から逃げた。

あいまいな言いかたで自分を正当化していたけど、浩汰を捜したなんて大嘘。「土砂崩れがあったみたいで」なんていうのも嘘。近くで土砂の崩れる音を聞いて慌てて引き返したところが、地滑りの現場を見て怖くなった。そしてあろうことか、浩汰が足手まといになると考えて見捨てたのだ。

「なんて無責任なっ」

　入谷は憤怒の声を上げた。

「隠れてろだなんて。こんな危険な状況で、五歳の子供が安全な場所を探せるわけないじゃないか」

「見るからにやわな都会人だ。よほど怖かったんだろうな」

「いくらやわでも、子供の身を優先するくらい普通はします。誠実で信頼できる人だと思ってたのに、あんな最低な男だったなんて」

　子供は見捨てるわ、二股はするわで、最低すぎていくらなじっても足りない。

「しょせん他人だからしかたない。もうあんな男とつき合うのはやめろ」

「つき合ってませんよ！」

「え？」

「それっぽい一歩手前になりそうなこともあったけど、つき合ってなんかいません！」

　怒りの勢いでつい暴露すると、高嶺が瞠目《どうもく》した。

「つき合ってない？」

「いません。いい上司で友人だって信じてたのに」

「……そうか」

　高嶺の声のトーンがどことなく変わった。それが入谷の耳から胸に落ちて、ほのかな炎を灯《とも》した。

「そ……そうです。だって……」

高嶺のことが好きだったから。忘れたくても忘れられなかった年月も、担当として再び出会ってからも、好きだから、他の誰ともつき合うなんてできなかった。

顔を上げると、高嶺の口元が小さく微笑んだ。

視線が重なって、互いの瞳が惹き寄せ合う。

今、なにかが通じたような気がする。はっきりとはわからないけれど、カーテンを開いた窓から差し込む陽射しのような、暖かくて眩《まばゆ》い——なにか。

浩汰の頭を挟んで、入谷は高嶺と見つめ合った。

「浩汰くんだって……怪我人を見捨てない気概を……もってるのに」

「そうだな。浩汰と俺にとって……入谷は」

「おーい！　いたいいた、やっと見つけた」

どこから現れたのか、カッパを着込んだ宮下が手を振る。

見つめ合っていたふたりは、ハッとして互いの視線を外した。別に憚られることをしていたわけでもないのに、入谷の頬が赤らんでしまった。

「アゲハ追っかけてたらはぐれちゃって。申し訳ない」

やはり、蝶を追いかけてどこかへいってしまったのは宮下だ。

「あのバカ。土砂崩れのあと浩汰くんを置いてきたって言うから」

宮下は眉を顰《ひそ》め、血の滲む入谷の足を見た。

「雷が鳴りはじめたんで駐車場に戻ったら堀口がいて」

「悪天候の中、わざわざ助けにきてくれたの？」

「ごめん。次は絶対捕まえてやるから」

「つかまえたっ？」


責任を感じて、意気地のない堀口の代わりに浩汰を捜してくれていたのだろう。ちょっとおかしなところのある子だと思っていたけど、社内でのトゲトゲしい態度の理由もわかったし、知ってみると行動力を兼ね備えた情の深い青年だ。

宮下はカッパを脱ぎ、手早く浩汰に着せかける。

「ずぶ濡れで今さらだけど、少しは保温になるから」

「すまない。きてくれて助かった」

「年がいもなく蝶々追っかけてった俺も悪いしね。入谷さんの怪我は？　骨折？」

「骨は大丈夫みたい。でもまだ、歩くと痛くて」

「そっか。じゃあ、浩汰くんは俺が引き受けるから、小降りのうちに下りちゃおう」

宮下が、カッパにすっぽり包まれた浩汰を抱き上げた。

彼なら、浩汰を託しても安心だ。

入谷は高嶺におぶわれ、地滑りの現場は危ないということで、宮下の先導でショートカットして斜面を下った。

ぬかるみに足を取られて苦労しながらも、ほどなくハイキングコースに出て駐車場に辿り着くと——。

自動販売機のある東屋の下で、堀口が呑気《のんき》にホット缶コーヒーを飲んでいた。

「やあ、君たち。無事に戻れてよかったね。僕もさっき通報したから、そろそろ救助隊がくる頃だよ」

自分もやるべきことはやったという顔で、しゃあしゃあと言う。

入谷は、高嶺の背から降りると口よりも早く平手を喰《く》らわせた。

堀口は、目を丸くして打たれた頬を押さえる。

「いっ、入谷くん？」

「あんなてきとうなこと言って、あなた自分のやったことわかってるんですか！」

通報は確かに正しい判断ではあるが、足手まといだからと子供を置き去りにして、あまつさえすぐばれる嘘をついたのは許せない。

怒りのあまり興奮して、踏ん張れずによろけた体を高嶺が抱きとめた。

「傷に障るぞ。なにを言っても、こいつには理解できないだろう」

「でもっ、浩汰くんを置き去りにしなければ、雨が降る前にみんな戻れた。怖い思いをさせなくてすんだのに」

堀口が浩汰と一緒にいてくれれば、捜す入谷と途中で合流できた。高嶺も宮下も、豪雨の中を駆けずり回らなくてすんだはずなのだ。

二言も三言も言ってやらないと気が治まらない入谷だったが、宮下がなだめるようにそっと入谷の背を叩いて前に出た。

「あまり怒らないでやって」

「な、なんなんだ。山が崩れたんだぞ？ すみやかに避難して通報するのが、大人の対応じゃないか」

堀口は、あくまでも自分の判断が正しいと言い張る。宮下が、その肩を人差し指でトンと突いた。

「大人以前に、人としてどうかって話なんだよ」

「が、学生のぶんざいで、僕に意見するのか」

「いくらでも言ってやるよ。聞き飽きた、つっても何度でもな」

宮下が、ズイッと堀口に顔を寄せる。

「いいか。あんたが最低な野郎なのはわかってる。それでも好きだから、責任もって尻ぬぐいしてやる。今までもこれからも、あんたみたいなクソヤローを本気で愛せるのは俺だけだ！」

きっぱり宣言すると、怯《ひる》んだ堀口はオロオロと入谷に目を向け、なにか言い返したいのに言葉が出ないといったふうに口をパクつかせた。

「ほう、見事だ」

入谷の隣で、リュックを抱えた浩汰がキョトンとし、その浩汰を抱いた高嶺が感心した声を漏らす。

毒気を抜かれた入谷は、怒りも削《そ》げてマジマジと宮下と堀口を眺めてしまった。

最低なところも含めて、彼にとって堀口は突き放せない愛しい男なのだろう。旅館で見かけた時には危ないストーカーかとも思ったりしたけど、なりふりかまわないほどの愛情は本当にまっすぐで勇気がある。外面だけ立派で実はダメダメな堀口と、それを補おうと一生懸命な宮下はいろんな意味でお似合いだ。

自分も、宮下のようにきっぱり想いを告げることができたなら、結果はどうあれこんなグダグダなことにはならなかったかもしれない。

少なくとも、嘘やごまかしで高嶺を苛立たせることはなかっただろうと、入谷は臆病《おくびょう》な我が身を振り返った。

堀口の車に五人ギュウづめで東京に戻った翌朝。入谷は大事をとって仕事を休むことにした。

あのあとすぐ到着した救急車に乗せられて、病院で検査と治療を受けた。

脳震盪のほうは異常なしで、足も膝から下の軽い打撲と切り傷だけ。一晩で腫《は》れも引いてゆっくりなら歩けるのだけど、通勤電車は辛いし、階段の上り下りもきつい。編集長が無理はするなと言ってくれているので、土日を含めて三日間、家でおとなしく養生することにしたのだ。

入谷はスマホに目をやり、ソワソワと時計を見る。

東京に帰ったら電話すると、高嶺が言った。

あの雨の中で、一瞬だったけれど確かに心が通じ合ったと思う。彼の話がどんな内容であっても、もう怖くない。取り戻せるのなら、もう二度と信頼を裏切るようなことはしない。元はといえば、自分のマイノリティへの卑屈《ひくつ》さが招いたのだ。真摯に向き合おうとしてくれる高嶺に、今度こそ偽りのない全てを告白しようと思う。

保育園に浩汰を連れていって、今頃は家に帰っただろうか。そろそろ電話がかかってくるだろうか。

時計を見て、またスマホに目を転じる。

着信音を一心に待っていたところが、ドアチャイムが鳴って心臓がぴょんと跳ねた。

もしや直接きてくれたのか？　と痛む足を引きずってドアを開けると。

そこにはスーツを着た堀口が立っていた。

「君に誤解されたままでいたくないから」

堀口は玄関に入り込むと、血走った眼で入谷の肩をつかんだ。

「誤解もなにも、全部ほんとのことでしょう」

「違うんだ。僕は、浩汰くんを助けるために急いで山を下りて救助を呼んだ。宮下とだって、とっくに別れてる」

この期《ご》に及んで、まだそんな言い訳を口走る。

「宮下くんとはお似合いですよ。あなたを幸せにできるのは、宮下くんしかいません」

「やめてくれ。僕は君を愛してるんだ」

いきなり抱きつかれて、踏ん張りの効かない膝がカクンと抜けた。押し倒されて床に引っくり返って、上にのしかかられた。

「おっ、重い。どいてください」

痛む右足が動かせなくて、左足だけがジタバタもがいてしまう。服を脱がそうと、堀口が入谷のシャツをまくり上げた。

「僕たち、うまくいってただろう」

「それこそ誤解です。ちょっと、なにするんですか」

「今すぐ抱かれてくれ。そうすれば、君だって」

「君だって、なんだ？　たわごとはいいかげんにしろ」

堀口が、ハタとして不埒《ふらち》な手をとめる。重なるふたりの横にしゃがみ込んだ高嶺が、ジロリと堀口を睨《にら》んでいた。

ふいに堀口の体が浮き上がった。

襟首をつかまれて、引きずり起こされたのだ。

「入谷は俺のものだ。すでに既成事実もある」

「えっ？」

意外な言葉に疑問符の声を上げたのは、入谷である。

高嶺は、平手の一撃で堀口を玄関から追い出した。平手というには、かなり熾烈《しれつ》な一撃であるが。

「次はこんなてイどじゃすまないと思え。二度と入谷に手を出すな」

鼻先でドアを閉じると、すぐさま逃げ出す堀口の足音が響いた。

「たく、油断も隙もない。迎えにきて正解だったな」

「む、迎えに？」

「この怪我じゃ、ひとりで大変だろう。しばらくうちに泊まれ」

入谷は、着衣の乱れを正すのも忘れてあんぐりしてしまった。

ついさっきまで緊張して電話を待っていたのに、予想外すぎる展開だ。

「このまま、ちょっと待ってろ」

言うと、スタスタ上がってクローゼットを開け、旅行カバンに手当たりしだい衣類をつめていく。玄関に戻るとサンダルを履かせ、ジャケットを肩に着せかける。

唖然《あぜん》とする入谷は、半ば担がれるような格好で高嶺の車に乗せられた。


頭の中で『俺のもの』『既成事実』『泊まれ』という言葉がグルグル回る。

もう訪れることはないかもしれないと思っていたリビングに入ると、現実離れした不思議な気分になった。

ガシャン！　ガシャン！　ケージから聞き慣れた音が聞こえてきた。

フェルメールがケージに引っかけて固定したエサ箱の下に潜り込み、空っぽのエサ箱を突き上げてご飯を催促しているのだ。

「まだエサの時間じゃない。食べすぎるとデブになるぞ」

高嶺が言うと、ひょこっとエサ箱の下から顔を覗かせ、期待に満ちた真ん丸い目でじっと見てくる。ご飯がもらえないとわかると、また潜り込んでガシャガシャとエサ箱を突き上げる。

「……わかった。これから大事な話をするんだ。うるさくするなよ」

根負けした高嶺がフードを入れてやると、すぐさま飛び出てボリボリ食べはじめた。

大事な話――。緊張で入谷の肩に力が入った。

「こっちへ」

高嶺が入谷の手を取り、アトリエのドアを開ける。

促されて中に入ったとたん、イーゼルに立てかけた一枚の絵から、萌《も》え立つ緑が流れ出して入谷を包み込んだ。

そこに描かれているのは、春の野原で遊ぶ入谷と浩汰だ。遠く続く水色の空と、降り注ぐ温かな陽射し。そよりと吹く風が、草の原を緩やかに走る。

言い知れない感動が、入谷の胸を揺さぶった。緊張で力んでいた体から、重力がふわと消え去った。

「旅行の前日に描き上がった。入谷なら、この絵にこめた俺の感情がわかるだろう？」

唇が震えて喉に声がつまる。入谷は胸を押さえ、小さく頷いた。

描く高嶺の視線が、戯れる我が子と入谷をじっと見つめているのがわかる。その色彩は愛情に溢れ、三人ですごす時間がとても大切なものだという高嶺の心が伝わってくる。

まだともに迎えたことのない春の風景。それは秋から冬、春から夏、秋、冬、そしてまた春へと、くり返し続く季節を寄り添って生きようという未来の約束だ。

「俺が好きか？　友人でも、担当としてでもなく」

入谷は、今度は大きく、はっきりと頷いた。

「俺も、入谷が好きだ。友人以上の、恋愛感情で」

許してもらうことばかり考えていたのに、夢を見ているんじゃないかとほっぺたをつねりたくなってしまう。でも、つねるまでもなく足の痛みがあるから現実だ。

「高嶺さんのこと、好きです。大学時代からずっと、憧れて……片想いしてた。会ったことないなんて嘘をついたのは、恋愛対象が男だって知られたくなかったから」

伝えたくても言えずにいた言葉が、喉につまっていた感動と一緒にこぼれ出した。

「へたくそって言われた時に、ちょっとショックを受けて」

「ヘタクソ？」

「ええ。廊下でぶつかって、落としたクロッキーを拾ってもらった時」

「絵を見て『へたくそ』と言った？　俺が？」

「はい。不機嫌そうな顔で」

高嶺は下を向き、額に手を当てた。

「やらかしてたのか……」

「高嶺さんからしたら、ヘタに見えてもしかたないですよね。実際、絵で身をたてるほど実力がなくて出版社に就職したわけだし」

「すまん」

「今なら、あの時の高嶺さんがあっちの世界にいっちゃってたの理解できます。でも、まあ知らなかったからショックで。立ちなおれないとこに持ってきて……男の友人とのキスシーンを見られて」

　このくだりはさすがに言いづらくて、高嶺から目を逸らしてしまう。

「ああ、それだ。思い出したのは」

「あれは、シラフで誰にでも抱きつくキス魔で、ふざけてただけなんだけど……その、なんていうか……高嶺さんに嫌悪されたのがさらにショックで」

「ちょっと待て」

「はい？」

「嫌悪はしてないぞ」

「すれ違いざま、フンて鼻先で嘲笑《わら》った。気持ち悪いと思ったでしょう？」

「いや、違う。そこは誤解だと思う」

「誤解？」

九年間も恋愛と性体験を妨げてきたトラウマである。説明しづらくてうまく伝わってないのかと、首を傾げて高嶺を見上げた。

「入谷の視線には気づいてた。わりとタイプだなと思った矢先にキスを見て、なんだ相手は誰でもいいのかと、つまり……ただの尻軽かと、がっかりした。その時の自分の反応は憶えてないが、たぶんそれが鼻先のフンになったんだ」

「え……」

入谷の口が、ポカンと開いた。タイプだなんて、あれが『がっかり』の表現だったなんて、まさかすぎて想像も及ばなかった。

「そのあと入谷を見かけなくなってすっかり忘れていたんだが、浩汰の世話をする姿に惹かれ、絵に没頭する俺を無条件で受け入れてくれる入谷に愛情を感じるようになった。入谷からも同じ気持ちを感じていたから、どう伝えようか真剣に考えてた」

高嶺は、入谷の頰に手を伸ばし、触れたい想いを抑えるようにして言葉を続ける。

「ところが、紹介された堀口が対抗心を燃やしてきただろう。あからさまに馴《な》れ馴れしい態度で。だから、ふたりでよく飲みにいくと聞いて、つき合ってるのかと疑って焦りを感じた」

「あ、それで……」

堀口とつき合ってると思って、気持ちをなかったことにするか、奪い取るか、高嶺は悶々《もんもん》としていた。絵に没頭しても中途半端で集中しきれず、苛立ちが募っていった。

そんなおり――。確かな好意を感じるのに他に男がいるという、過去の似たような感覚がふと湧いて、忘れていた大学時代の記憶を呼び覚ました。

初対面だと言い張った嘘と、男とのキスシーン。入谷の心がわからず、ますます苛立っていたところに、「発散するなら俺が」などと浅はかなことを口走った。

それが高嶺の怒りに火をつけ、やっぱり相手は誰でもいいのかと、あのような暴挙を引き起こしてしまったのだ。

好きになってくれていたのに、卑屈になるばかりでなにも気づかなかった。高嶺の焦燥の意味さえ、嫌悪のせいにしていた。自分はなんとばかだったのだろう。

「ごめんなさい……。高嶺さんはノーマルな人だから、マイノリティな恋愛を軽蔑《けいべつ》されたくなくて……。あのキスを思い出されたら気持ち悪がられると思って、会ったことないなんて浅はかなごまかしを」

「軽蔑なんかするものか。俺は好きになる相手の性別にこだわったことはないぞ？」

「は……はい」

「俺は恋愛に関して器用じゃないと、言っただろう。駆け引きも得意じゃない。どうしたら好きだという言葉を入谷から引き出せるか、そればかり考えてた」

高嶺は、入谷の肩に腕を回し、囲い込むようにして抱き寄せた。

安堵《あんど》にも似た甘く蕩ける吐息が、耳をくすぐる。入谷は広い肩に頭を預け、触れる体温の心地よさに身を任せた。

「この絵は……依頼品？　売ってしまうんですか？」

「いや、どこにも出さない。依頼の絵はそっちに」

言って指差す、その先。窓際に、温かな緑のカンヴァスとは対照的な絵があった。

照りつける太陽と、跳ね返す群青の海と波飛沫《しぶき》。光とのコントラストが、見事なまでの力強さを表す。高嶺一志たらしめる一枚で、依頼者はさぞ満足を得ることだろう。

だけど、入谷にとっては、この緑萌える珠玉の春がなによりの秀作だ。

「よかった。これ……誰にも渡したくない」

「俺の愛情ごと、入谷だけのものだ」

大学時代と今と、二回も興味を持ってくれたのだと思うと嬉しい。反面、二回とも他の男がいると誤解された間の悪さが悔やまれる。そして、そんな悶々としながらも、こんなに温かく愛の溢れる情景を描く感性に惹かれてやまない。なにがあっても忘れることなんてできない人なのだと、胸が熱くなる。

「怒りに任せてひどいことをした」

高嶺の唇が額に降り、長い指が髪を梳《す》く。

「やりなおさせてくれ。優しく、気持ちよくしてやりたい」

「おっ、お願いします」

思わず即答したが、声がうわずっていて、まるで飢えてるみたいで恥ずかしくなってしまった。

足の傷を労《いた》わり、高嶺は入谷を抱き上げて二階へと上がっていく。

ドアの前で、胸がうるさいくらいにドキドキと音を鳴らした。

初めて入った寝室は書斎も兼ねているようで、浩汰の部屋の倍以上はあるだろうか。壁一面の書架に並んだ本が、才能を培《つちか》う趣味と教養の広さを窺わせる。

「あ、読んでみたかった美術史大全黒沢版」

背表紙を見ただけで涎《よだれ》が垂れそうな、世界における美術の歴史を記した全集で、しかも装丁からして初版本。古書店で見かけて、あまりにも高価であきらめた全十五巻だ。

「あとで好きなだけ読め」

キングサイズのベッドにフワリと下ろされる。

とたんに、頭から全十五巻が吹っ飛んだ。いよいよ、前戯からめくるめくフィニッシュまでを体験するのだと、へんに意識してしまって心拍が速まった。

いちおうやりかたは知ってはいるけど、実践するとなるとうまくできるだろうか。などと俗っぽい心配をして気分が落ち着かない。

着衣がゆっくりとはぎ取られていき、入谷も慣れない手で高嶺の服を脱がしていく。

ふと、重要な釈明をまだしていなかったのを思い出した。

「あの、あとひとつ釈明したいことが」

と言ってから、この状況でわざわざ前置きして言うほどのことだろうかと、急にバツが悪くなった。

「やっぱり……いいです」

「なんだ？」

「いえ、たいしたことじゃ」

「気になるだろ」

高嶺の裸体が、入谷の隣に横たわって見おろす。

「なにを釈明したいんだ？」

素肌の胸を重ねられて、つい「ひゃ」と格好の悪い声が出て赤面してしまった。

「そ……その……うひっ」

今度は脇腹から乳首をひと撫でされて、言おうとした声が思わず吸った息と一緒に引っ込んだ。情けないような恥ずかしいようなで、冷や汗が滲みそうだ。

「それで？」

「つ……つまりですね。俺……慣れてないんで」

「今の反応でわかった」

「う」

面白がられていたらしい。

入谷はちょっと頬を膨らませ、スーハーと深呼吸して息を整えた。

「大学の時のあのショックで……勝手に勘違いしてたわけですけど……マイノリティを人に知られるのが怖くて、誰ともつき合ったことがないんです。だから、慣れてるどころか一度も経験がなくて」

耳を傾ける高嶺は、真上から入谷の顔をじっと見つめおろす。

「そのくせ高嶺さんのことが忘れられなくて、他の誰も好きになれなかった。堀口さんと経験してみようと思ったけど、やっぱり気持ち悪くてだめだったし。それと友人のキスは不意打ちで、しかも初でした。……ああ、なにを言ってるんだろう。説明しなくてもいいことまでダラダラと」

つい一気に喋って、必要のないことまで報告して要領を得ていない。犯されて射精してしまったのは、高嶺だから。誰でもいいわけじゃないのだと釈明したかったのだ。

なんて口下手だと呆れられただろうかと、自分にがっかりしたが。

高嶺は目を細めて入谷の唇をついばむ。

「いや、聞いてよかった。傷つけてしまったが、そのおかげで入谷は誰のものにもならなかった。全部俺のものだ」

要領を得なくても、高嶺にはちゃんと伝わってる。他の誰に触れられても感じないのだと、わかってくれている。

「そう……俺には、あなただけ」

言うと、体の芯が熱く火照った。

「キス魔のふざけたキスなんて、キスのうちに入らない」

ついばむ動作に、熱がこもっていく。

「これが、入谷の初めてだ」

深く唇を捉えられて、塞がれた呼吸が喘《あえ》いだ。

これが初めてのキス。おふざけなんかとは違う。長い年月を焦がれた人の、情のこもるキスだ。

抉るようにして舌先が口腔《こうこう》に潜り込み、吸い上げながらわずかに離される。

「ついでに、あの乱暴もなかったことに」

囁かれて、嵐《あらし》の初体験が脳裏によみがえった。蹂躙された箇所が急激に疼き出し、高嶺を求めてヒクリと痙攣《けいれん》した。

「それは……大事な思い出の……ひとつだから」

引き裂かれる痛みも、胸の苦痛も、今では忘れたくない大切な記憶。体に刻みつけられた、愛しい高嶺の感触なのだ。

入谷は、高嶺の首にしがみついて続きをねだった。

しっとり包み込むキスが、性感を波立たせていく。絡む舌を夢中で追いかけ、吸い上げられてクチュクチュと食《は》まれて、早くも息が切れ切れで唇が蕩けてしまう。

乳首をつままれて、粟立つ感覚に甘い吐息を漏らした。

「はぁ……あっ」

尖《とが》っていく胸の先を擦《こす》られて、大きく吸い込んだ息が吐き出せないまま声がつまる。

指先に挟んでクリクリ揉まれると、乳首がじわりと熱くなって、ムズ痒《がゆ》さに身悶《みもだ》えてしまった。

頭がのぼせて、官能だけが全身に広がっていく。それが、体温を上げながら巡った末に脚の間に集まって、芯を通した屹立がこれでもかというほどパンパンになって張り出す。

触られただけでこんなに感じてしまうのに、いきなり口に含まれて今度は吐き出した喘ぎ声がとまらなくなった。

高嶺はつまんだ乳暈《にゅううん》の先に歯をたて、カリッと扱いては舌先で器用に捏《こ》ねる。もう片方の乳首も手放さず、ツンと尖った感触を楽しみながら指の腹で擦り、つねるようにして揉みしだく。

「あ……やぁ……んっ」

乳首を嫌というほど可愛がられて、絶え間なく襲う快感から思わず逃げたくなる。だけど、嫌じゃなければ逃げたくもない。もっとしてほしい。思考と官能がごちゃまぜで、感覚が混沌《こんとん》としていて、それがまたどうしようもなく気持ちいい。

固く張った屹立が、ヒクリと揺れては淫らな露を溢れさせる。

両の乳首に与えられる刺激がしだいに強くなって、悶える体がじっとしていられずにジタバタしてしまった。

「そんなに暴れたら怪我に障るだろう」

高嶺が手をとめ、入谷の胸元から顔を上げる。

「おとなしく転がってろ」

「む……無理……」

入谷は両手で口を覆い、過呼吸になりかけた喉を必死に落ち着かせる。けれど、急に解放された乳首が寂しくて身悶えがとまらない。

「まだ胸しか触ってないのに、それじゃこっちを可愛がったらどうなるんだ」

高嶺の片手が下へと移動して、下腹を這いながら入谷の根元に触れた。

その下に張った膨らみをむにゅと押し上げられて、入谷はたまらず嬌声《きょうせい》を漏らしてしまった。脚の間に集まった熱が、その膨らみに溜まっていたのだ。熱から欲の液へと変わった流れが、ぐるりと動く。

「あっ……あ」

高嶺は、掌に包んだそれをやんわり揉みしだき、勃ち上がった根元を握るとすぐさま先端に向かって扱き上げた。

「やっ……だめ、ああっ」

欲液が出口へと一斉に流れ出して、入谷は肩を震わせた。

「でっ……出ちゃ……ぅ……うっ」

欲求に抗《あらが》おうと、下半身に力をこめた。

「見ててやるから、出せ」

我慢しようと努力したものの、高嶺のいかがわしげなセリフが刺激になって、下半身の力があえなく霧散した。

握る手が早いストロークで幹を往復する。

「ああっ！　あ……っ」

屹立が膨張すると背中がしなって、今度は上半身が硬直した。思わず膝を曲げると腰が浮いて、曝した欲求の形が勢いよく白濁を噴き上げた。

生ぬるい感触が、バタバタと腹に飛び散った。

「はぁ……は……」

心地よい達成感と官能の余韻は冷めやらず、入谷は両手両脚を投げ出した。呼吸が整わないまま胸が忙しなく上下する。

「出して少しは落ち着いたかな？」

楽しそうに眺めおろす高嶺が、腹部に散った白濁を指に搦《から》める。

「も……ぐったり……です」

脚を開かせると、ぬめりをまとった指先を入谷の窪みに押し当てた。

「ぐったりしてるヒマはないぞ。まだこれからだ」

「あ……っ」

襞《ひだ》を広げられて、緊張した次の瞬間には緩んだ内壁が長い指をするりと咥《くわ》え込んだ。

慎重な抜き挿しで中を擦られると、蹂躙の記憶が熱塊を懐かしんで局所がどんどんほぐれていく。

「早いな。すぐにも挿入《はい》れそうだ」

高嶺は下腹に顔を伏せ、終わる間のない屹立を幹から先端まで舐め上げる。露に濡れた鈴口を軽く吸い、舌先で何度もくすぐる。

いきなりパクリと口に含まれて、鼓動が大きく鳴った。

「ふぅ……う……あ」

温かく柔らかな感触にすっぽり包まれた屹立が、高嶺の口の中にとめどなく露を溢れさせる。摩擦を受ける内壁が痙攣して、増やされていく指を容易《たやす》く受け入れていく。

擦られて一番感じる箇所があるのを知ると、もっとそこを弄《いじ》ってほしくて無意識に腰をくねらせる。

「あ……それ……そこが……」

その一点から指が離れると、はしたなくもつい要求を口走ってしまう。

「ここが気に入ったか」

応じる囁きを聞いて、今にも暴発しそうなほど性感が高まった。

狭い通路で高嶺の指がうごめき、感じる一点をつまむようにして小さな円を描く。擦られるそれが屹立に直結して、しだいに激しい官能の波を増幅していった。

「あっ……あっ……はあっ」

間断なく襲う快感が欲熱を溜め込み、張りつめた屹立がビクンビクンと震える。濃度を増した露が糸を引いて下腹に滴り、幹を扱く高嶺の手をトロリと濡らした。

「や……っ、うそっ。また……出そ」

突然の高波がきて、射精の準備をはじめた自分の体に慌てた。さっき出たばかりなのに二度目が早すぎる。いくらなんでも、ここでまた達《い》ったりしたら精も体力も尽きてしまいそうだ。

高嶺は半身を起こし、摩擦の動きを緩めた。

「出していいぞ？」

「だ、だめ、休憩にして……。そ……そうだ、次……俺が」

入谷は射精感を散らそうともがきながら、されるばかりじゃなく今度は高嶺のものを口でしてあげようと思いついた。

「俺が……っ、高嶺さんの……たっ、食べます」

高嶺がピタリと摩擦の手をとめた。

フェラという単語が恥ずかしくて、どう言ったらいいのか迷ってとっさに言ってしまったのだが、なんだか『食べる』のほうがいやらしげだったようだ。

「今のは、きた」

高嶺が窪みからするりと指を引き抜いた。

「ぜひ食べてほしいが、それは次回」

「え……？」

意味がわからず入谷はキョトンとしてしまう。

「早急に、今すぐ、入谷の中に挿れたい。上の口じゃなく、下の口に」

「あ、はい」

理解して、改めて自分の発言が恥ずかしくなって赤面してしまった。

高嶺は、入谷の左脚を持ち上げ、怪我のある右脚をそっと横に開かせ、隆起の先端を窪みに添える。

「足が痛んだら言ってくれ。すぐやめる」

「いえ、痛くないです」

「今じゃなく、痛んだら」

高嶺がクスと微笑う。

ちょっと気負って、ピントの外れた受け答えをしてまた恥ずかしくなった。けれど、もう赤面してる余裕なんかない。

熱塊が性急に潜り込んできて、入谷の腰を押し上げた。

引き攣《つ》れる痛みは前ほどじゃないけれど、狭い通路をこじ開けられる感覚はやはり苦しくて息をつめてしまう。

「んっ……あ」

それでも充分にほぐされた内壁は、緩やかに高嶺の全容を呑み込んだ。

先端が奥に届くと、根元まで収まった隆起が半分ほど引いてまたすぐ押し進んでくる。数回くり返したあと強く叩き込まれて入谷は眉根を寄せた。

「つっ……っ」

「痛むか？」

「少し……」

「どっちが？　怪我か、それとも」

労わる声をかけられて、入谷はあいまいに首を横に振った。

迎え入れた局所に痛みはある。でも疼きのほうが強くて抽送をやめられたくない。怪我も律動のたびに響くけど、やがてくるであろう快感の期待には勝てないのだ。

「大丈夫。早く……悦《よ》くして」

吐息まじりにせがむと、両腕を差し伸べて高嶺を迎える。

「可愛い入谷。もう二度と辛い思いはさせない」

耳のそばで蕩ける囁きを落とされて、仰向いた瞳が潤んだ。

高嶺が肩を抱くと、入谷はその背中を抱き返す。律動がくり出されて、腰が揺すり上げられた。

「あ……なんか、すごく……」

「どうした？」

「気持ち……いい」

抽送で内壁が擦られて、中断した射精感が急速に戻ってくる。

指よりも固く熱い、大きな隆起を、体が堪能して悦《よろこ》んでいるのだ。

指の刺激で覚えた過敏な箇所が、熟《こな》れてだんだんと痺れていく。感覚が高嶺の隆起だけを追いかけて、繋がったそこが焼けつきそうなほど高熱を発した。

「んっ……ああっ」

奥を突き上げられて、皮膚が何度もざわめいた。

律動が早いストロークに変わって、高嶺が頂点に昇っていくのがわかる。彼が感じてくれているのだと思うと、下腹の充満感が広がって全身に性感帯を伸ばしていった。

ふいに高熱が爆ぜて、激走する欲熱が鈴口を目指す。高嶺との間で揺れる屹立が、痙攣しながら白液を振りまいた。

同時に律動がとまり、最奥で熱塊が精を吐射したのを感じた。

離れがたいまま抱き合っていると、体内にいる隆起が時おりヒクとうごめく。汗ばんだ体からしだいに熱が引くにつれ、入谷の胸が満たされていった。


このところ精神的なダメージが続いたせいで、熟睡できずに寝不足がかさんでいた。愛情の交わりの余韻と心地よい疲労感で、短時間だけどぐっすり眠っていたらしい。

目が覚めると、着衣を整えた高嶺がベッドに腰かけてじっと見つめていた。

「何時？　寝すぎちゃったかな」

起き上がると、さすがに局部と足に軽い痛みが走った。

高嶺は、裸の入谷を支えて肩にガウンを着せかける。

「まだ昼をすぎたばかりだ。体は大丈夫か？」

「ええ、全然平気。シャワー、使わせてもらっても？」

「バスタブに湯を張ってある。ゆっくり浸かってくるといい。俺はその間にシーツを替えて、昼食を用意しておく。なにか食べたいものは」

「高嶺さんの特製チャーハン」

間を置かずオーダーすると、顔を見合わせてクスと笑った。

美味しいチャーハンの作りかたを教えてもらったことはあるけど、まだ高嶺が直々《じきじき》に作ったチャーハンは食べたことがないのだ。

さっそくバスルームに直行してシャワーを浴びて、初めての運動で酷使した体をぬるめの湯でゆっくりほぐす。

さっぱりして寝室に戻ると、ベッド脇のテーブルに昼食が用意されていた。

今日はゴロゴロしてすごせと勧められて、バスローブのままベッドに足を投げ出して座り、高嶺と並んでお昼を食べた。

自堕落な午後は心ゆくまでふたりで睦言《むつごと》をかわし、読みたかった美術史を枕《まくら》元に積み上げてじっくり目を通す。高嶺は横から覗き込んでは適切な解説を入れたり、アフタヌーンティを出してくれたり、夕食の下ごしらえをしたりと、まさに理想のスーパーダーリンそのもの。

こんなふうに完璧なぶん、ダメダメな高嶺になった時には全力でサポートしようと、新たに心に決めた入谷である。

右足をかばいながらでも平地なら歩けるので、散歩がてら早めに家を出て浩汰のお迎えにいくと――。

　ちょうど浩汰は泣きじゃくる女の子の盾になり、乱暴者のけんくんと対決してるところだった。

　見ていると、口ゲンカからいきなりポカリとやるのはやっぱり浩汰。

「手が早いのは父親譲りなんですね」

「そうかもしれない」

「そうですよ。小学生になったら空手を習わせてあげなきゃ」

　笑って言うと、高嶺は腕を組んでそうだなあと頷いた。

「あっ、いりやくん！」

　お迎えに気づいた浩汰が、入谷を見るなり破顔して駆けてきた。

「あし、なおった？」

　どんと飛びつかれて、踏ん張れずによろけて高嶺に支えられる。

「こら、まだしばらくは怪我人だぞ」

「ごめんね。だいじょぶ？」

　頭のてっぺんをコツンと小突かれて、浩汰は慌ててしゃがみこんでソロリと入谷の足を撫でた。

「大丈夫だよ。少し痛くて走れないけど、歩くのは平気だから」

保育園を出ると、入谷と高嶺の間で浩汰がキュッと両手を繋ぐ。ふたりで迎えにきてもらって満足そうだ。

「入谷くんね、怪我が治るまで浩汰くんちにお泊まりするよ」

「ほんと？」

浩汰が嬉しそうに入谷を見上げた。

「治るまでじゃない。入谷は家族だから、これからずっとうちで暮らすんだ」

「ほんとにっ？」

浩汰が大きな口を開けて高嶺を見上げ、そして勢いよく入谷を振り仰いだ。

入谷は一瞬わずかに瞠目して、細めた目を浩汰に向けた。

「浩汰くんと、お父さんと、一緒に暮らしてもいいかな」

「いいよ！　そしたら、まいにちごほんよんでね。いっぱいあそんでぇ、ふぇるめーるのおさんぽも、いこうね」

紅潮した頬でつぶらな瞳をキラキラさせるのが可愛いらしい。

「入谷も仕事があるんだ。毎日はあきらめろ」

「はあい」

「そのかわり、春になったら三人でまた温泉にいこう」

「わーあ！　こんどはおとうさんもいっしょにおふろはいろうね。おんせんのおふろおお

きくてね、たきがあるの。おもしろいよ。ね、いりやくん」

岩の間を流れる滝を模したかけ流しである。

「あとね、キャンプもいきたい」

「わかった。今度はテントを持って一泊キャンプしような」

「やった！」

「その前に、冬はスキーいきたいです」

便乗して言うと、高嶺が頼もしく頷いた。

「よし。連れてってやる」

「ぼくスキーできない。でもソリはあそぶ」

「実は入谷くんもスキーはできないんだ。一緒に練習しよ？」

「しかたないな。俺がスキーもスノボも教えてやろう」

家族の会話はどんどん盛り上がる。

たくさんの約束は、ともにすごす未来の誓い。

我が子の成長を見守り、移りゆくいくつもの季節を重ねていく。そして、家族の寄り添う大切な場所は、高嶺の腕の中。温かな陽射しの降り注ぐ緑の中にある。

いつまでも続く平穏な時間。

入谷は、浩汰と遊ぶ春の風景に思いを馳《は》せた。

あとがき

皆さま、こんにちは。

ずいぶんとお久しぶりになってしまいましたが、ありがたいことに新刊を出していただけました。

昨年から今年の春にかけていろいろとあって、ダメージが重なってまだグッタリ中なのですけど……我が家のマンション大規模修繕工事が始まって耳栓が手放せない日々に。今も窓の向こうでは作業の方々が……。秋口までかかる予定で、建物には黒いネットが張られてるし、カーテンも閉め切って窓を開けられないしで、湿気がこもってなんか工事が終わる頃にはキノコとか生えてそうです。舞茸が出てきたらいいなあ。

今回のイラストは壱也先生にいただきました。高嶺と入谷はもちろんですが、浩汰とフェルメールの可愛さは異次元級です！　壱也先生、ありがとうございました。

そしてなにより。この本を手にしてくださった皆さまに心からの感謝を。

かみそう都芭

本作品は書き下ろしです。

ラルーナ文庫

この本を読んでのご意見・ご感想・ファンレターなどお待ちしております。〒111-0036 東京都台東区松が谷1－4－6－303 株式会社シーラボ「ラルーナ文庫編集部」気付でお送りください。

イクメンパパと恋《こい》の対《たい》処《しょ》法《ほう》

2019年7月7日　第1刷発行

著　　　者｜かみそう 都《つ》芭《ば》
装丁・DTP｜萩原 七唱
発　行　人｜曺 仁警
発　行　所｜株式会社 シーラボ
〒111-0036　東京都台東区松が谷 1-4-6-303
電話　03-5830-3474／FAX　03-5830-3574
http://lalunabunko.com
発　　　売｜株式会社 三交社
〒110-0016　東京都台東区台東 4-20-9　大仙柴田ビル 2 階
電話　03-5826-4424／FAX　03-5826-4425
印刷・製本｜中央精版印刷株式会社

　ISBN978-4-8155-3216-1